AQUARIUS

AQUARIUS

AQUARIUS

AQUARIUS

每個人心中都有一座島嶼，
藉文字呼息而靜謐，
Island，我們心靈的岸。

學校不敢教的小說
朱宥勳

【推薦序一】

給「自己們」——一個青年學者的台灣小說的情感之旅

黃錦樹（暨南大學中文系教授）

這是個有教學熱忱的青年學者寫給想像中的中學生看的，台灣小說入門書。它的自序〈給不認識的自己〉清楚的道出，它預設的對象是哪些人。如果藉由書中談論的王詩琅的小說〈沒落〉中一個日據時代獨特的台式中文詞語來概括，那即是「自己們」。全書還有一篇小說閱讀的方法論示範，也就是附在書後長達萬言的〈如何測量課本不敢教的小說〉（是全書最長的一篇文章，其實可視作導論）。從新批評、小說敘事學、詮釋學等揉合作者個人的閱讀及實際批評經驗，歸納而來的「教戰守則」，可圈可點，也可說是作者個人的「小說面面觀」。這麼年輕就有金針度人的心意，是件很有趣的事。從這裡可以看出他的自信。

作為那「自己們」的旁觀者，令我好奇的有兩件事。一是為什麼挑這些篇章而不是別的？這對於任何選集或有導讀意味的書，都是非常基本的方法論問題。再則是書名何以題作《學校不敢教的小說》？從後者看來，在最直接的意義上，它似乎企圖對既有的台灣中學的（文學）教育做一番補充。而「學校不敢教」的潛台詞是，學校該教而不敢教，那範圍其實非常大。問題在於，為什麼他認為學校該教？

作者對於取樣的標準沒有直接的說明（為什麼選甲而不選乙），但在自序裡有做一番概括的原則性解釋（即其「三大原則」：台灣文學、「課本不教」、「水準之上」），但其實選樣裡都有例外於三大原則者——譬如董啟章的〈安卓珍尼〉是香港文學、大鹿卓是日本人——這其實違反原則一的「台灣文學」；林雙不的〈小喇叭手〉、施明正的〈渴死者〉可能違反第三個原則（作品必須達致相當的文學水平），甚至有的小說也並非學校沒教（如朱西寧〈鐵漿〉）。諸如此類的「例外」，作者自己也不是沒有自覺，也做了說明。然而為什麼要訂立自己不完全遵守得了的規則呢？

稍稍檢視這三原則，就可發現它們都不是文學史的考量，第一點被籠統的對待

（作者遵循的其實是地域原則而非「台灣意識」）；關鍵的其實是二和三——也可說是文學性與社會性（議題性，或甚至台灣性）——之間的角力。而後者常常用來節制前者。這解釋了何以有多篇明顯在文學上較弱的作品被選上。也就是說，作者設定的「學校不敢教」，文學性並不是最根本的考量，教誨常被意識到（〈小喇叭手〉：**「這篇小說震撼人心之處並不在技藝層面上，反而是因為它以這樣幾無設計的敘述，直接、尖銳地寫出了台灣的意識形態問題。」**又如對〈渴死者〉的明亮的解說）。因此裡頭挑的小說，如果以文學技術的細密繁簡論，光譜的一端是〈將軍碑〉、〈賴索〉，光譜的另一端是〈渴死者〉、〈小喇叭手〉，甚至《蒙馬特遺書》。這現象是連對教誨、對社會性的重視也不足以解釋的。

其實從最開始的三篇〈好個翹課天〉、〈天亮前的戀愛故事〉、〈在室男〉及《蒙馬特遺書》，都可以看出作者對「自己們」的情感教育的重視——甚至最後一篇〈月印〉，都令人懷疑主導其取材的更根本的理由很可能其實是情感上的——個人的文學情感，用白話來說，即是喜歡與否。這樣或那樣的解釋（意義的論證）不過是後來的自圓其說而已。或許是作者個人年少迄撰文之際的台灣文學之旅中，曾經因在某些時刻被作品中的某些點（可以是美感、社會議題，或情感上）觸動過，而產生分享的衝動。因此這本書或許可解釋為是其個人對「台灣小說」的情感之旅。從這角度來看，哪些篇章被忽略就不是那麼重要了。（譬如為什麼是〈山路〉而不是〈鄉村的教師〉；為什麼沒有《滾地郎》、《赤崁記》、《孽子》、《迷園》，也沒有《蓬萊誌異》、《妻夢狗》；為什麼沒有挑比〈將軍碑〉更深刻，也更真誠的《古都》和《荒人手記》……，而這些也都是「學校不敢教」的。）

這易感的文學青年（從他輕易的被《蒙馬特遺書》、王定國的小說感動可知）雖從其文學情感經驗出發，還好分析時相當冷靜。有些篇章分析特別精采，譬如對〈將軍碑〉、〈調查：敘述〉的解說，同樣是謊言的技藝，但真理效果完全不同——「**他們試著引導、刪節、考訂甚至想像出一個『正確』的結果，卻不知道正確與否對敘事者這樣的遺族來說並不是最重要的事。重要的是，如何給過去的事情一個解釋、一個情感的交代、一套能讓自己有勇氣面對未來的家族記憶。**」這解釋是極其柔軟的，著眼於共通的情感價值；因此在某些情境裡，謊言根本不是問題，它有時是生命必要的支撐，相較於真相的殘酷、絕對、冰冷，它柔軟、能撫慰人心；它許諾的微渺的希望也許並不確實，但那是最後的可能性（即便不過是想像的可能性）、希望的種子，總好過絕望的死滅、知曉一切後的空茫虛無。（這也可說是死亡與失蹤的存在論差異。如果死亡是零，那失蹤即是芝諾悖論裡的無限分割——縱使它非常接近於零，但不會是零，總是會比零多一點點。那一點點，可能即是希望的火種。在我還是個年輕的教師時，有一回談〈調查：敘述〉曾經熱情的演繹過這論題。那些想法，後來多半挪進去談論郁達夫的流亡與失蹤了。）

在高明的作家那裡，謊言的技藝可以保留著火盡後灰燼的餘溫，其實那或許有著純金一般的情感的價值。這樣的論述幾乎已觸及虛構敘事的倫理核心了。

再如對〈嫁妝一牛車〉的國族寓言式的分析（對比於呂赫若的〈牛車〉），也是有見地的；但王禎和的文體其實並非「**一種獨步華文世界的，只有台灣的歷史背景才能產生的新語言風格**」，那其實應該是南方華文之本色，只是王禎和的語言技術比馬華作家普遍好得多。或如邱妙津與施明正的對比（「**台灣文學史上，這兩位作家是唯一與彼此相像的類型。他們受傷得喘不過氣的心靈，使他們用粗獷的文字取代了精工細雕**」）；以及沒說出來的，在其延長線上——與郭松棻的對比——郭最好的作品，其實是受傷得喘不過氣的心靈，但卻出之以精工細雕、細針密縫、反覆著色，而非粗獷如沙礫的文字——相較於那被瞎起鬨造就的惡經典如《家變》。

這一組一組的對比，還有賴於作者預設的自己們去把它串聯起來。經過一番努力比對參照，他們或許會發現，書中的隱含而未明說的話可能更有趣；或也有利於讀者的讀者們開展各自的文學情感之旅。

【推薦序二】

一個學生和他老師的老師——朱宥勳與王文興

賀淑瑋（清華大學台灣文學所兼任助理教授）

教書三十年，我碰過形形色色的學生，朱宥勳是極其特殊的一位。他的標準上課配備：筆記型電腦，打開，上線。我在台上口沫橫飛，他在台下搭搭搭搭，跟全世界來往，應答得不亦樂乎。假裝不在意，並且壓制走過去看他在搞什麼鬼的欲望，變成我那一年上課的常備心態。但我當然不是、也從來不想當開明偉大的老師。我其實一直都在想辦法對付朱宥勳，譬如，突然問一個很難的英文問題。或者，抓到他打電腦打到入神，立刻請他翻譯一段。他偶爾會結巴，不過從沒給過我死當他的藉口。事情發展到最後變成我開始依賴他的電腦。我的歐巴桑腦袋老是忘了某本書某作家名。朱宥勳會立刻讓他的電腦拼貼上我掉落的這些那些。於是我常常想到「退一步海闊天空」、「宰相肚裡可撐船」這類有益身心健康的成語（狀態顯示為自我解囧）。

大概是我故作開明卸人心防，所以朱宥勳常來聊天。他跟大多數同學不同，不聊感情也不談功課，總是滔滔不絕說他對某些書的看法。大部分是小說。印象很深刻的，是他讀王文興讀很久，還帶了一堆問題來「問」。我笑笑看著他，說不那麼喜歡王文興，即使是讀過的那一遍也早就把該還的東西統統還給作者了（那不好意思表達的意思就是：我其實不太懂）。然後，郭松棻來了，之後，又來了七等生。這個學生彷彿知道我不愛哪些就專選那些來單挑。我知道他很用功，但不知道他可以這麼用功，幾乎每次來都轟一巨砲，搞得我連看小說也緊張兮兮，老覺得是豬八戒對決孫悟空。他的認真會噴火，能感染熱度，也能燒灼自信……我的。我總以為自己很愛，也很會讀小說；也以為我閱讀速度快，沒讀過的東西絕不太多。混蛋小朱不但消滅了這個假象，還明示我：有一個人生閱歷不到我一半的二十多歲小鬼對小說的解讀甚至「不那麼不常」比我高明。過去老聽到「得天下英才而教之」是人生大樂事這種明顯就是要振奮老師精神的話。但老師遇到英才，感覺自己老了笨了是怎麼回事？

於是，小朱主講，我主聽，我們有了很多下課十分鐘的藝文沙龍。一年下來，小朱補足了我對更年輕世代（特別是在學生）寫作群的認知。如果我對學校工作還有依戀，原因就在這裡。我的學生，從來就是我的老師。從電腦修護到半夜肚子餓該到哪裡吃宵夜以及團購X義軒如何一天得逞，都有專人指點。但連文學專業都膽敢變成我的指導員，小朱是第一人。

接著，這個人這樣寫了他的老師的老師：

如果把台灣文學史上經典小說一字排開，各抽出六百字送去參加作文比賽，成績最差的會是誰？

我敢保證，上篇我們談的七等生只能拿到倒數第二名而已。

——是「我」在說話嗎？——王文興《家變》

我在大二時，選了王文興老師的「小說選讀」，從此一直跟隨王老師到大四畢業。那時，他已經出版過《家變》，完成《背海的人》上冊。課堂上，他精工細琢，一字一句審視寓意。五、六月時，他站在文學院演講廳那儼如但丁地獄底層的位置，微微仰頭，跟坐在上面俯視他的我們講述勞倫斯（D.H. Lawrence）或屠格涅夫（Иван

Сергеевич Тургенев）。天氣很熱，尤其地獄裡還擠著一兩百個塗汗的生靈。此時，進來一列和父親頑抗的兒子、開來了機器切開了土地、工人揮舞著肉紅大手與蒼白瘦弱卻強大得能夠壓榨他們的男人對峙……三十年過去，我從來不曾再有機會細讀王老師的教材。然而，他上課的片段，宛若電影，時不時在我腦中拉起洋片。一直到後來，我讀到更多的文字評論，讀到那些擁有更高學位更多榮耀的學術大師所描繪的勞倫斯和屠格涅夫，卻始終無法感到親近，觸到血肉。他們，讓我經常懷想王文興老師的課。

王文興，那個被我的學生朱宥勳送上「文字的惡習」頂戴、判定參加作文比賽成績肯定最差的，我的老師。

當然，朱宥勳的研判其來有自。王文興自美國愛荷華大學畢業後，被臺靜農和英千里請回台大任教，由中文系及外文系合聘。但後來王文興因為《家變》「不像中文」的文字受到嚴重質疑，不得不到外文系專任。台大中文系的教授們因著專業考量，最終以「外文系老師在中文系開課」的模式勉強接納王文興在中文系的身影（註1）。《家變》一旦參加作文比賽，成績完全可以想見。這段公案至少證明了：文字「不像中文」的王文興絕對是個能夠教授中文系學生的好老師，否則中文系如此大費周章，豈不鄉愿？更貽笑大方？一個創作者的文字竟能讓全台中文系龍頭進退失據，算不算文壇壯舉？算不算一次甜蜜的復仇？台灣文學史焉能輕易塗銷這一章？？

琦君曾經批評《家變》的文字「迂迴扭曲，故弄玄虛」、「處處矯揉造作」、根本「以辭害意」！以「美文」尺度看去，的確如此。即使在今日，即使王文興已經在台灣文學史獲得經典位置，《家變》的文字仍是很多老師心中的痛：除了那幾句「大師出品必有佳作」、「形式即內容」、「陌生化美學也很美」的濫調，這些老師大概再也說不出什麼心口合一的讚美。事實上，即使是興趣廣泛到什麼都喜歡什麼都想研究的我，也有同樣困擾。更奇怪的是，我那麼喜歡王老師的課，卻不能喜歡他的作品，完全違反我當年的作風（是的，我在上古時代是個超級濫情的文藝少女）。我曾經努力，但已經格式化的腦袋拒絕接受。這也導致我的「王文興情結」長期處在精神分裂狀態。

記憶所及，王老師從來不在課堂上談他的創作。除非攸關上課，其餘時間他是一面不透明的牆。你無法望穿，更別想接近。有時，同學們覺得他就是勞倫斯小說中那些蒼白斯文的男人，冷冰冰可憐見的。過一陣子，同學們又覺得他其實是縮小版的巴扎諾夫（註2）。這些亂七八糟的標籤，皆因緣於他上課。他談過的每一個小說人物都充滿溫度，有脈脈血流，有肌理分明的肉。那些人上課時就坐在你身邊，下課了還跟著你，緊跟著。多年之後，當我為電影圖書館評論勞倫斯的《查泰萊夫人的情人》時，我始終無法不看見的，不是情人的陽具和軀幹，而是情人的手。肉紅的大手，可以砍柴做工撫慰愛人抵抗工業文明侵擾的生命之手。那雙手的底稿，來自王老師的教室。那年，我三十七歲，大學畢業十五年，距離王老師的勞倫斯講堂十七年。

我不知道這世界有沒有一個人能夠——像王老師講述其他作家那般——講述《家變》？帶血帶肉帶溫度，逐字逐句，對作家的創作初心維持最基本的尊重？但我的確見證過朱宥勳用功。從十分鐘沙龍到現在，他處理《家變》的方式，觸動了我某根從來冥頑不靈的「王文興」神經。我注視多年始終不想也不能看清楚的寫作者王文興，就這樣活生生起來：

對某些認真活著的人來說，自由是比什麼都更重要的事。他們終其一生去寫、去對抗、去思索，甚至放棄那些他們可以輕易獲得的「好」——毫無疑問地，依照王文興

在改造語言時的創意，如果他願意，他絕對可以輕易地把文字寫得像任何已知的作家一樣好。但是，那就是別人在說話了。他曾經說過，他一天只能寫三十幾個字。有一位評論家問了一個我覺得精準無比的問題：時間都花到哪裡去了？那麼緩慢、那麼艱辛、那麼扭曲地，對世界說：是「我」在說話。

——是「我」在說話嗎？——王文興《家變》

三十多年來，始終分踞在我愛憎兩端的「王文興」，在此合一，共有血肉。

註1：參見〈王文興文壇公案，退休時反成話題〉。http://news.chinatimes.com/Chinatimes/Philology/Philology-artnews/0,3409,112005011100314+110513+20050111+news,00.html

註2：Bazarov，屠格涅夫《父與子》中的虛無主義青年。

【自序】

給不認識的自己

寫這一系列文章的時候，我總是想像那樣一個不認識我，我也不認識的自己。

他或她大概十六、七歲，因為一些因緣湊巧，觸動了對文字的喜好。文學對他或她而言，還在一個充滿可能性的初始階段。那個時期，還只有無知的大人會問：「你讀這些有什麼用？」自己倒是沒有那麼迫切地需要問自己這個問題。或許正在夢想成為一個作家、一個評論家或起碼是一個讀過很多書的人，但無論閱讀或寫作，都還沒有那麼多「專業」需要考慮。在那樣的時期，文學關乎喜好，關乎情感，關乎「寫得真好！」的讚嘆，「文壇政治」還是一個沒有任何意義的概念，看到一則評論的時候也不會瞬間把它和作者向來的立場、位置和慣習聯繫起來。那是一個很美的時代，即連匱乏，拚了命希望能多讀一點多寫一點，多知道一點關於文學的祕密的那種匱乏，都是很美的。

那確實就是我自己。

但那樣的自己，曾經十分困擾於這樣的匱乏。一直到已經被文學一路牽引而來的現在，我還是常常想，如果當時有一個人，或有一本書，能夠跟我多說一些關於小說的事情，那該有多好。這樣一來，當我一個人站在建中圖書館那兩架文學書區前面的時候，也許就不必遲疑要把借書額度賭在哪個陌生的名字上；當我在校刊社裡面和其他同伴討論作品的時候，也就不必為了掩飾自己的心虛，而裝出一副「藝術是難以言喻的」的膨脹姿態。不必死抱著所有學長都推薦的佛斯特《小說面面觀》，努力想理解什麼是「圓形人物」和「圖式」，卻又被書中成排不可能讀過的英國小說挫折。也不必誤以為「台灣文學」註定是沒有前途的，因為它沒有好作品，只是政治操作的產物；當然更可以提早知道，指責某一種文學是政治操作，本身就是一種政治操作。也不需要陷在「美學vs.政治」的假議題裡面好幾年，深怕自己對人群過度關懷會傷害了自己的文學，卻又不知道如果不關懷人群要如何寫出深刻的人性。我可以早早讓自己安心、篤定地前進，知道在最洞明世事的觀察裡，本來就沒有一件事情是無關政治的，就像在最美的文學心靈的探照下，沒有一種政治不能寫進人性最深的情感一樣。

這本書，就是送給那個自己，以及送給那些我們彼此不認識，但我相信必然還將繼續存在的自己們的禮物。很奇怪的是，許多作家抱怨人們不讀文學，但他們似乎都忘了自己初初成為一個文學讀者時，滿腔熱愛卻乏人導引的惶惑。我始終記得，所以我從不這樣抱怨，並且想試著解決這樣的惶惑。當《幼獅文藝》的吳鈞堯老師邀請我在雜誌上寫專欄時，我知道這是打造這份禮物最好的機會了。謝謝吳老師的信任，讓我在兩年間一共發表了二十三篇文章，慢慢地讓我將想說的話理出一個架構。這最初的二十三篇「課本不教的小說」，加上後來增補的七篇，是循著我自己訂下的幾個規則進行的：

一、每次只談論一篇小說，長短篇不限，但必須是二〇〇〇年以前發表的台灣文學作品。

二、這些小說必須擁有一項「課本不教」的性質，比如具有某種社會代表性、意識的基進性、題材的尖銳性或者因為某些制度性歧視而被排除在外的作品。

三、所談論的作品，不必通通是頂尖之作，但至少要在水準之上，在「文青」的品味面前拿得出手來。

當然，行家一眼便知，兩年多一路寫來，我多少還是有點「犯規」的。比如說，日治時代的大鹿卓和香港作家董啟章也收錄進來，他們是否能被算作「台灣文學」，是很有得爭的，但我覺得這兩作分別補充了台灣某些時代面貌或議題面向，仍然決定談一談。朱西甯的〈鐵漿〉現在也有某些版本的課本收錄了，「課本不教」有些名不符實，但我有我想說的話，所以還是縱容了自己。也因為這些規則，所以有好些重要作家並沒有出現，比如已經受到課本重視的賴和、楊逵（事實上，我曾經考慮過賴和較不有名的篇章〈阿四〉，然而我沒有把握能就此談得超過王詩琅那一篇）；也有些作家雖然寫得好，但並沒有足夠深的社會議題可以多談，只能暫時割愛（比如鄭清文若干寫得更優美的小說）；或反過來，雖然有議題的深度，但作品本身實在寫得太差，即使是名篇我還是無法忍受。中間取捨，自然充滿了我的判斷以及立場。另外，在眾多經典作品以外，我也試著提出幾篇我覺得非常好，但還未得到足夠重視的作品，諸如被貶低為皇民作家的周金波的〈鄉愁〉，或選取李喬的〈哭聲〉而未取更廣為人知的長篇小說。思想家傅柯的經典論式：權力促生了知識，知識助長了權力控制，從學校／課本教或不教哪些小說來看，是再清晰也不過的現象。在這裡，展示與遮蔽是同一件事。但國家能以此操縱文學、扭曲歷史，我們當然也能反向操作，賦予那些被忽視的作品力量，也從中汲取更多可能性。

透過這些作品的閱讀，我希望這本書能提供一種「憂鬱的歷史」。文學作品和文學作家常常被視為憂鬱的，人們總是錯誤地將這些憂鬱視為一種個人氣質。但我要說的是，真正好的文學作品，它的憂鬱往往也就是一整個時代的憂鬱，從它糾結百轉的心思裡，我們能真正看見人，同理人，從而也許能看見我們該如何期待未來的世界——至少知道不該期待什麼。這之中的思路，正是台灣文學研究者們共同的信念。在台灣文學研究的這條路上，我是沒能貫徹始終的學徒，但如果這本書能有任何一點成績，都必須感謝清大台文所的老師們，特別是我的指導教授陳建忠老師。在過去幾年間，老師們將我的閱讀帶到了單憑己力無法抵達的境地，這本書也希望能獻給他們、獻給還在學術研究中努力的夥伴們。離開學院並不意味著我放棄了台灣文學的志業，而是想轉換一個更適合自己的戰鬥位置。比起創發新的理論，我想我是更喜歡、也更適合當一個導覽員的。

寫自己的小說是一種對自己的召喚，談別人的小說則是希望把更多的人召喚到文學殿堂來。我天生多嘴多舌，讀到了好作品總忍不住要到處和別人說，最好能煩到對方也讀了為止。我也從來不相信「純文學只有知識分子、只有精英才願意讀」這種說法。在這幾年書寫與演講的過程中，我益發確定，文學寫的是人，所以人對文學是不可能毫無興趣的，只是我們的「課本」或「老師」不見得有能力激發出這種熱情。最好的文學應該是清泉那樣可以讓全人類共飲的，而不是一種只出現在高貴人家餐桌上的酒。泉水的清甜不容易一嚐就察覺，但我相信只要適加說明，那種淡雅才是一輩子都不會忘記的。作為寫作者，如果我們相信自己寫出的故事能把世界帶到讀者面前，那就沒有理由不能用另外一些故事，把文學帶到讀者面前吧？因此，除了三十篇「課本不教的小說」之外，我也附上了〈如何測量課本不敢教的小說〉一文，和想要多知道一些的那個我自己多說一些話。那純粹是我經驗的整理，而非什麼權威性的論述，就像這本書的所有文章一樣。如果能夠從中引發出更多的懷疑，那就是再好不過的事了。

最後，要感謝的當然還有寶瓶文化的總編亞君姐。她的承諾讓我可以無後顧之憂地寫，也幫助我把這份禮物包裹好，送到你的面前。現在，或許我們彼此還不認識，但等到我們都認識了同樣的文學之後，我們之間必將能理解彼此的夢，而不再有任何隔閡。

目錄

【二、殖民地的人們】

【六、說吧，虛假的歷史】

【序言．離開教室】

學校不敢教的小說（1）

翹課才能學會的事──郭箏〈好個翹課天〉

世界上充滿了各種小框框，小得悶死人。有一次我沒上朝會，躲在廁所裡燻草，我忽然從窗口望出去，那副景象可真把我嚇呆了。我是說，你忽然看見一千多個一模一樣的齪蛋排列得整整齊齊的擠在一個小到不能再小的操場上，而你知道你也是其中之一，那種感覺真可怕，真叫人想吐。我想看看小虎他們，但找來找去就是找不著。我想如果我自己也排在那隊伍裡，我恐怕也會找不著我自己。

──郭箏〈好個翹課天〉（一九八四）

我是從高中開始學會翹課的。當然，遠不能和郭箏筆下的「海山七俠」相較。相對於他們的硬漢風格，我們這類是嬌慣的少年——人家是砸天砸地，拳頭與汗水，我們則是維特的憂鬱，撕扯著考卷和（自己寫的）情書。但我猜，我們都不是從小就立志要翹課的孩子。雖然〈好個翹課天〉發表的一九八四年，距離我第一次偽造假單，窩到附近咖啡店趕校刊要用的稿子已有整整二十年——如果考慮生於一九五五年的作者郭箏，這個高中故事發生的年代甚至能再推前十年——；雖然我們早就不再用「鮑蛋」和「馬子」這些詞了，我們的年代網咖比彈子房多十幾倍。但毫無疑問，我覺得我完全能讀懂〈好個翹課天〉。我覺得就算再過五十年、一百年，一個高中生也能讀懂它。

只要這個島，還沒打算改變它那總是在碾碎少年理想、情感的傳統慣性。

我們學會翹課的歷程，也許非常的相像。在七歲或更早的年紀，我們第一次被帶到一個叫做教室的地方，和一群叫做同學的人坐在一起，台上有一個叫做老師的人。這裡面你只認識在窗外的爸爸或媽媽，而就在某一次轉頭，你發現他或她不見了。關於學校，我們學會的第一件事情是遺棄，第二件事情是隔離；你不能做你本能想做的事，因為你現在身在一個特區，在這裡你的天職就是被管束。沒有人告訴我們為什麼，久了我們也就忘了問。有的是因為我們也的確很適應被管束，有的是因為光是讓自己平安度過八個小時，不要受罰，就已經占去我們全部的心神。

我們，以及〈好個翹課天〉裡面的小郭、小虎等人，就是這樣過了十年的人。如果在法律上，十年的徒刑是重罪，那在當代台灣學校教育體系長大的每一個人都是命定的罪犯。於是，總會有人想著要逃獄的——我曾經就讀過一所四面由鐵窗包圍、進出由教官帶隊如押解的學校，因此「逃獄」二字對我來說，並不只是抽象的隱喻。十六、七歲正是最適合逃的年紀，這篇小說的角色都是高中生，並非偶然。我們都是在這個年紀擁有了前所未有的體力和知識，有了長期應付學校體制的經驗，深知它的虛榮與弱點。郭箏描寫了一群世俗眼光中的「壞學生」，師長們認為他們虛度青春、鬧事狎玩，沒有辦法跟上功課，一點也看不到未來。但透過這七個人翹課一天的故事，我們發現，發表這篇小說時正好滿三十歲的作者——一個標準的「大人」的年紀——，似乎全然不同意其他大人的看法。他給予敘事者小郭一個超然的位置，他看著一切，既明白所謂道德規則是怎麼回事（只是他選擇不遵守），又察覺到那些規則底下流動的欲望、敗德與虛偽（好友小虎為什麼選不上校隊？美麗的音樂老師和清純的夢中情人馬綿綿為什麼會……？）。在小說裡，他滿口髒話，卻是唯一清醒（也就因而受苦）的智者。

郭箏要說的故事，遠比「好學生vs.壞學生」或者「道德vs.不道德」複雜。它不是一個單純反抗的故事。他的思考是：我知道以「學校」為代表的成人社會是一團糟的，所以我想要逃獄。但問題是，逃出來之後呢？我們在最前面引用的一個段落，非常精采地演繹了這種思考。「我」首先必須是個翹課者，是個不守規則的人，才有機會暫時離開框框，目擊這個框框的可怖、虛無。人在框框裡面的時候，是不會有任何感覺的，因為「**我想如果我自己也排在那隊伍裡，我恐怕也會找不著我自己。**」某種形式的「翹課」是抵抗成為「大人」的必經之路。但這句話的另外一層深意是，「我」有些悲哀地體認到，自己和排列在隊伍裡面的人並無本質上的不同。如果「我」進入了隊伍，也不可能鶴立雞群，而是會被整個體制給碾碎、融化、取消掉。整篇〈好個翹課天〉因此就是灰心的調子，它不是一篇提倡反抗的故事，而是一篇反抗過的人的唏噓。

因此，不管我們是否翹過課、是否為了一樣的理由翹課，讀到他們總像是讀到自己。

沒有一人會甘心永遠待在教室裡。但也沒有一人敢說，我已經永遠不必回來上課了。

我想起高二那年，一個總是縱容我翹課、不把我當掉的老師。他從來不責罵我，但我從來也不覺得他是親近我、了解我的。因為他說過：「等到高三，你就會自己回來了。」於是每一次，當又有師長告訴我文學沒有用、寫小說會讓我餓死的時候，我就會想起這句話，還有〈好個翹課天〉。

讀更多的小說，寫更多的小說。——這是我翹課的方式，而且就像小郭在結尾那沒有目標的奔跑一樣，我知道翹課是沒完沒了的，只有繼續逃亡，才能免於被框框俘虜。

就從這裡開始吧。至今，我還沒有讓那位高二老師的預言成真，而這些課本不教的小說，都是這段漫長的跑路過程中攜行的食糧。我現在就把它們放在這裡，如果你和當時的我是同一類人，或許你也會需要它們的。放心取用吧，不像世俗的任何財富或權力，它們是永不枯竭的，可以在永無止盡的翹課之路給你力量和渴盼，助你指認出每一個想把你擄回教室的、埋伏在暗處的那些精神教條。

※關於郭箏（一九五五—）：另一個筆名為應天魚。小說家、編劇。一九八四年，在《中國時報》副刊發表〈好個翹課天〉，造成一股風潮，四年後發表〈彈子王〉。曾為電視劇《施公》編寫劇本，也曾為導演吳宇森的《赤壁》編劇。

【一、身體是誰的】

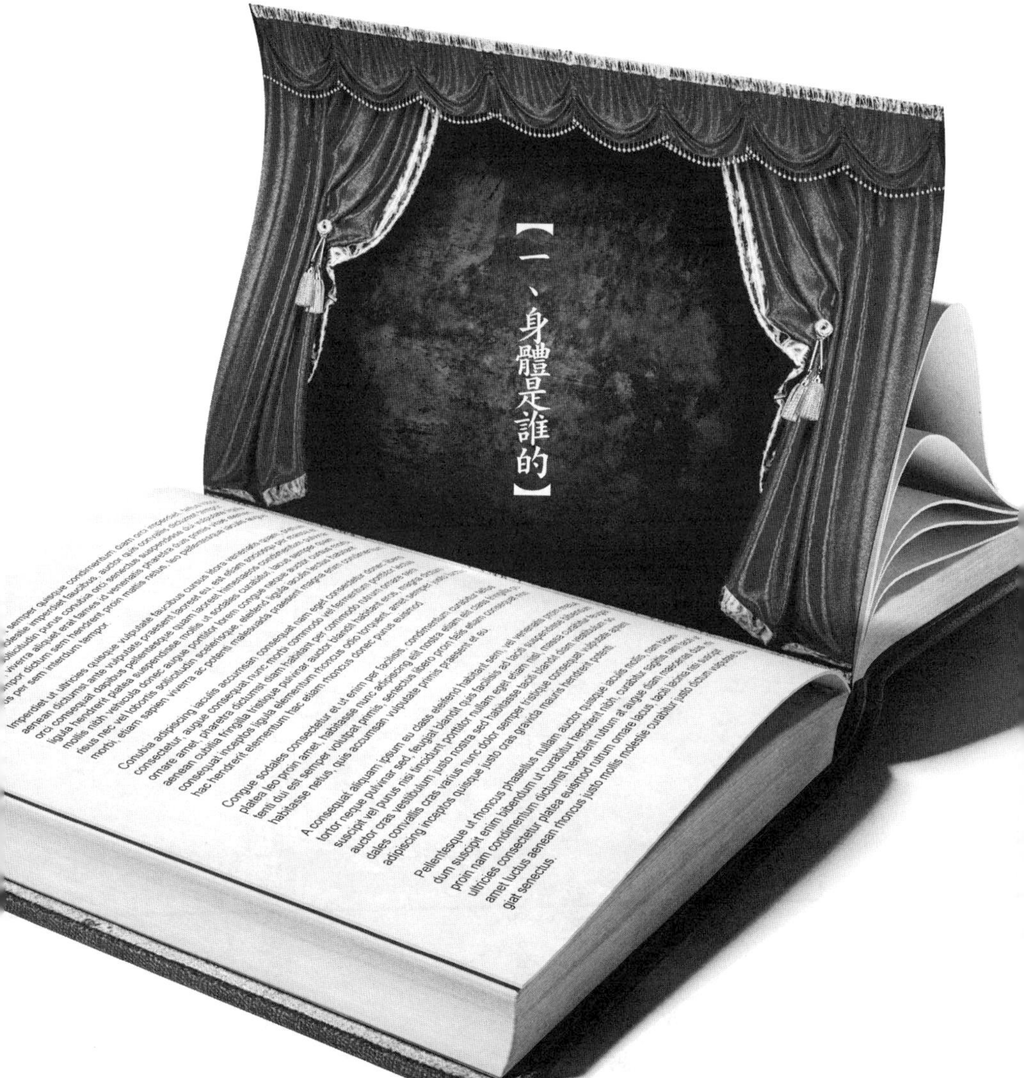

學校不敢教的小說（2）

誰是強摘的果子？——翁鬧〈天亮前的戀愛故事〉

直到現在為止，我無論怎麼受到逼迫，也從來沒有這樣把自己的真面目暴露出來過。可是你，看起來單純而善良的你，請看穿我內心的深底吧。我是野獸。如果聖賢的路就是人的路，那麼我是分明走岔了路的，活該被看不起的存在。請看不起我好了。可是只希望你不要嘲笑我。因為野獸即使應該看不起，卻不應該加以嘲笑的。

——翁鬧〈天亮前的戀愛故事〉（一九三七）

很多人都相信文學的價值是永恆的，無論到了什麼時代都不會改變。但我也相信，「課本不教什麼小說」這件事，某種程度上也是永恆的。翁鬧的〈天亮前的戀愛故事〉，就是那種會被永遠排除的小說。這篇小說的概念，可以很簡單地引用文章裡一句主角的自述說完：「**我只想談戀愛。一心一意只夢到戀愛。……像我這樣的廢料，自然沒有理想、希望這類好東西。**」

讀這樣的小說並不容易，因為它時時刻刻在挑釁我們習以為常的道德律。〈天亮前的戀愛故事〉討論愛情，討論少年苦悶的性慾，雖然沒有出現任何具體的情色描寫，卻比絕大多數的色情小說更讓人有道德上的不安感。上一段所引的那類話語，在小說中俯拾皆是，而且並不是用反諷的語氣說的，是理直氣壯地、坦率直白地反覆展演。如果它使我們不安，恐怕正是因為它太坦白地說出了我們曾經一直欲望，但現下以為自己壓抑、控制得很好的事物，一種純粹的動物性衝動。

在我念國中的年代，除了遮遮掩掩的健康教育課本第九章、第十章之外，唯一正面談及愛情和性慾的課本教材，只有一篇不太高明的散文〈酸橘子〉。讀過這篇課文的人，幾年後多半只記得其中一句「**強摘的果子不甜**」，它也的確是可以總括全文的一個比喻。問題是，課本從來沒有說清楚而偷渡的概念是，為何當時的我們是不甜的果子？為何那時的探索，要被指為「強摘」？對照〈天亮前的戀愛故事〉發表的一九三七年，我們會發現，在當時，敘事者最初暗戀的兩個女子都只有十七、八歲，且已各有婚配。如果再把時代往前推個十年，當時的青年們煩惱的事和我們截然相反：我們一直被教導要推遲自己的情感，但他們卻是不斷抵抗家長過早地將他們送入婚姻。在那時的小說裡，十幾歲就結婚是父母的願望，卻是青年的惡夢。由此可知，什麼年齡該做什麼事情，雖然看似天經地義，但其實禁不起考較——在這個島上，至少不到一百年前，人們的道德觀念有著完全相反的方向。如果大人們認為對性慾的壓抑，是一種傳統的美德，何以他們反而與一百年前「傳統」的做法矛盾？

顯然，在這裡，真理不會蘊藏在課本願意教的東西裡面，而在於我們如何思考自己，如同翁鬧這篇小說所做的一樣。這也是為什麼文學常常被當作是一種完全自由的，可以舒展個性的藝術創作。文學的包容性在於，它無視道德上的對錯，甚至在絕大多數時候，它願意站在被社會主流認為是「錯誤」的一邊，為那些只想要誠實地為自己而活的人說話。翁鬧在一九三七年一月發表這篇完全以一個三十歲的敘事者，對一名十八歲的日本籍妓女整夜獨白組成的小說時，當然不會知道在半年後，他血緣上的祖國會和政治上的母國全面開戰。但他也不是一無所覺，因為軍事衝突早已斷續進行一段時間了，當時精通日文的台灣青年如他，透過東京源源不絕的資訊，對世界情勢的掌握可能比當代的我們要清晰得多；而他從一九〇八年出生以來的被殖民經驗，一定也體驗了不少文化上的衝突、歧視和渴慕。所以，無論是當時還是現在，很多文學評論家總是疑惑：為什麼在這麼個時間點，翁鬧要寫一篇自稱「廢人」、而且叨叨絮絮敘說自己愛情與性慾被壓抑的小說？

一個常見的解釋是，翁鬧透過這種「壓抑」的書寫，隱喻了在殖民地裡面無出路的苦悶。這聽起來很合理，但仍然不能解釋一個矛盾：如文章前頭所引的段落，我們看到的敘事者其實是很「自傲」地在描述自己的廢人思想。他自憐，但並不真的覺得自己可憐。與其說他表達了壓抑，不如說他根本看不起這些箝制他自由發展的壓抑。他徹底地運用了文學所賦予的特權，把自身的「錯誤」說成自身的榮耀，把自身的「畸形」說成自身的純潔。

他不是在反省道德；而是揚棄它。而從這種棄絕聖賢之路的姿態裡，我們看到作家代我們說出我們不敢說；或以為自己不能說的。

他知道自己果肉熟美的時間，無視那些要求他早一些或晚一些落蒂的人們。

其實我們也曾經知道。但這個世界不太允許我們對自己誠實，他們說，如果你不依照社會的規律走，你會遭遇懲罰和苦難。一切的禁制，都是為了讓你免於這類的痛苦。但他們從來不說——或者他們自己無力意識到——，規律不就是他們自己訂定，並且毫不懷疑地執行，才會一直有效的嗎？

這些課本都不會教。那就讓我們從小說裡面學會吧。學會用自己的節奏和標準活著，學會為了自己所要捍衛的小小真理選擇對抗，或至少不要忘記對抗，即使要自稱廢人也在所不惜。這樣的日子，總有難過和脆弱的時候，但沒關係，找一個夜晚，在天亮之前，用自己的獨白淹沒整個世界。就算整個世界都不接受我們，不能包容我們，我們還有文學可以靠。

在一九三九到一九四〇年間，翁鬧在日本留學期間失蹤了。人是再也沒被找到過了，但那顆充斥著苦悶的心靈所說出的坦白話語，還在繼續照亮每一代的少年：我們站在錯誤的那一邊，或甜或澀，滋味總是我們自己的。

※關於翁鬧（一九一〇——一九四〇）：號杜夫。主要以日文寫作，創作小說、詩及隨筆。曾發表短篇小說〈有港口的都市〉、〈天亮前的戀愛故事〉、〈可憐的阿蕊婆〉、〈羅漢腳〉等。

學校不敢教的小說（3）

純潔及其所傷害的——楊青矗〈在室男〉

「我請你看電影。」他搶在她的「你」下說下去。

「真——的？」

「真的。」

「摸摸看有沒有錢。」

他摸了摸口袋，紅著臉雙手一攤。

媛媛回頭看著店裡，打開手握住的小錢包，拿出一張五十元鈔票給他：「拿去買票，你請客，我出錢。」

……

「看哪個片子？」媛媛問。
「光復的初戀。」
「應該去看失戀。」媛媛揶揄地說。
「應該去看『得戀』；因為我很喜歡妳，又是妳出錢我請客。」他咋伸一下舌頭笑了笑；酒窩展成一朵花。

——楊青矗〈在室男〉（一九六九）

關於性的「純潔」，或說指向性更明確一點的「貞潔」的概念，在我們的年代聽起來似乎非常古老、過時了。但是，這種古老過時的感覺，卻僅僅只是一種感覺而已，並不意味著這樣的概念在我們的社會裡面失去了影響力。特別是在學校裡面，各種各樣的宗教或家長團體帶入了各種各樣的教材，告訴學生們要「保護自己」，甚至出現了「婚前守貞」這樣怪異的說法。這些的說法，其實掩蔽了一些真正重要的問題：動用了一個軍事化動詞「守」，那代表有一個會被奪走的東西，但這個東西卻又不具體存在；那，何以人們要在學生的觀念裡建構一個不曾具體存在的東西，又煞有其事地以它當作限制少年某些行動的理由？

更進一步問：在這一整套觀念被嚴格執行的社會裡，對誰有利？對誰不利？

楊青矗的〈在室男〉透過三個相互對照的人物，非常精巧地寫出了其中弔詭。最主要的女主角「大目仔」是酒女，喜歡比她小三歲的時裝店男學徒「有酒窩的」，時常藉故去店裡看他，為補養他的病體費神費力。時裝店中，另有一個女主角媛媛，則是和大目仔全然相反的類型，是一個傳統的好女孩，也默默喜歡著有酒窩的。整個故事的軸線，就是大目仔不斷接近生嫩怕羞的有酒窩的，為他付醫藥費、許下有酒窩的出師後，要拿錢一起開一家服裝店的未來；而有酒窩的始終左右掙扎，時而迷醉於少男的情慾之中，時而厭惡她酒女的身分，為此和她嘔氣、不許她陪客人外出。

在整篇小說裡，有酒窩的男孩的心思變化，正是作家用力最深的地方。作家將他寫成一個沒有主見的個體，隨著旁人的耳語、別人給予的價值觀而搖擺，因此更讓我們具體見證了社會道德是如何從無到有，人為地建立起來的。大目仔對他始終是溫柔、體貼，甚至有著少女的癡態，「**手托著腮幫看他咬動而一展一合的酒窩**」。但是，眼前所見竟然不如他人的話語強韌，男孩始終無法擺脫心底「骯髒」的感想，不斷試著與大目仔保持距離。身旁的師傅每一次以「酒女vs.在室男」調侃他們，就把這些觀念再加深一點。這整個過程，所有人都是無心的，但正是在這種缺乏反省、對傳統道德不假思索接受的狀況裡面，大目仔便毫無理由地一直居於被動的弱勢局面，即使她在物質上、經驗上、社會能力上都遠超過有酒窩的。

相較之下，大目仔則是更曲折地懷著暗傷在愛著的。她完全明瞭有酒窩的的疑慮，卻佯作不知，直到為了信守不與客人過夜的承諾而遭毆打的某夜，才因為男孩拒絕留下來陪她而崩潰：「**你住院開刀時我守住你一個禮拜。我醉得這麼厲害你不能陪我一夜？……我知道你嫌我是個酒家女，看不起我。**」至此讀者才知道，原來之前每一次男孩的冷淡，她並非毫無感覺，卻仍以無保留的愛包容著。在接下來的這一晚，小說描寫與大目仔同床的男孩輾轉難眠，偷窺大目仔的身體而遲疑應否解開她的內衣。這一整段，大目仔看似是睡了，但從幾個動作看得出來，她其實是期待「發生些什麼」的：剛要睡時，她就要男孩幫忙拉下外衣的拉鍊、中間男孩不小心碰到她，立刻「**她的腳卻抬起來擱在他的腳上**」、最後更「**翻身面他側躺，一隻腳跨在他的腿上**」。這顯示了她有她的情慾，屢屢迂迴暗示。然而，這晚到最後，她卻只要了男孩一個吻，沒有真的繼續下去。作家沒有告訴我們她當時心裡在想什麼，不過我們可以想見，攔阻了她的不會是道德，而是更深邃的體解：她知道，男孩還是沒有辦法過自己心內的那一關，她所以壓抑自己，是為了成全男孩的道德。

這一段情節，也就定調了兩個人關係的性質和終點。在最後一段，大目仔為了籌措開店的錢，暫時隨著包養她的男人離去。有酒窩的卻一轉身約了媛媛去看電影，而有了這篇文章最前面的那段對話。這段情節所展現出來的道德弔詭，遠超出課本所願意告訴我們的之上。媛媛天真地說「**你請客，我出錢**」，遙遙呼應著前面師傅和男孩說過的：「**煙花查某一旦愛上你心肝都可以挖出來給你。找機會拐她幾萬元……**」經過這一段，男孩從此「成長」了，他明白了「感情」作為一種交換籌碼的用途，並且輕而易舉地試上了手；所以，本來生嫩害羞的男孩，很快地就知道要用感情去回報金錢，說出了「**應該去看『得戀』；因為我很喜歡妳，又是妳出錢我請客。**」這句在最初他根本講不出來的話。前一秒他還在大目仔編織的未來裡，下一秒卻幾句話勾到了媛媛。故事在此終止，但我們不難想像，當大目仔過一陣子回來之後，男孩絕對不會再斷然拒絕了吧，他會像是精進了接吻技巧那樣找到更有利的應對方式。弔詭於是浮現，他本來是最厭惡酒女這樣用身體、用情感去換錢的行業的，但是到最後，他卻早慧地成為箇中好手。本來是最汙穢的酒女，在整個事件卻成為受到最大欺瞞的純潔的一方；本來是最純潔的男孩，卻能這樣操作其純美形象（**他咋伸一下舌頭笑了笑；酒窩展成一朵花**），成為關係當中最不忠貞、最左右逢源者。

這些，全都是「純潔」這個觀念，及支持這個觀念的整個社會體系所創造的。當它毫無理由地把性的壓抑當作美德，也就壓抑了沒有辦法選擇「守貞」的大目仔這樣的人；而當這樣的壓抑，特別是施作於女性身上，而對男性有著差別標準時，即便是有酒窩的這樣並未付出什麼的男孩，也能掠得一定程度的利益。——而我們別忘了，在這樣的社會道德標準下：同樣是賣出笑容來換得些什麼，大目仔做這件事會被說是「爛貨」，有酒窩的做這件事情，卻會被當作是「純潔」的在室男。

※關於楊青矗：（一九四〇—），曾任台灣筆會會長及敦煌出版社發行人、社長。一九七九年因美麗島事件入獄，一九八三年出獄。代表作為《在室男》、《工廠女兒圈》、《工廠人》等，另編《台華雙語辭典》、《台語注音讀本》等。

學校不敢教的小說（4）

一樣會懷孕──曹麗娟〈童女之舞〉

我定定看著這個跟我手牽手的女孩，突然一股莫名的委屈與不安襲上來。我覺得自己像個傻子，打從我坐在公車上第一次看到她我就像個傻子。我根本不會打球，不會游泳；我的個子那麼矮，頭髮那麼短，裙子那麼長……我跟她，完全是兩個世界的人。

突然我放開鍾沅的手，「我們不要在一起了，我跟你不一樣，好彆扭。」

──曹麗娟〈童女之舞〉（一九九一）

初次閱讀〈童女之舞〉的時候，我腦中浮現了記憶中兩件發生在小學時的事情。兩件或許都是很多人曾有的經歷。第一件事情是，不知幾年級的某年，我們班開始流行「懷孕」——大家虎視眈眈地盯著每一個身邊的人，一旦男生跟女生的身體有任何哪怕是不小心的接觸，大家就大喊：「某某某懷孕了！」第二件事比較明確地發生在中高年級，因為當時正是日本動畫《庫洛魔法使》引進台灣之時，我看了一陣子之後，被角色們的性別弄得很困惑。如果女生的小櫻和男生的小狼是一對，為什麼小狼看到小櫻的哥哥雪兔也會臉紅？為什麼我私心比較喜歡的女配角知世有時看到小櫻也會害羞？我是不是搞錯了什麼？

高中之後，我當然再也不會被這兩件事情困擾了。因為那是我們整個人格養成教育裡面失落的環節，關於性別與愛情，大人們從來沒有說實話。如果之前我們談翁鬧〈天亮前的戀愛故事〉、楊青矗〈在室男〉，是討論「為什麼不能戀愛」的話，那〈童女之舞〉最適合談論的自然是「為什麼不能跟**某些人**談戀愛」。〈童女之舞〉的第一人稱敘事者是一個十六歲的高中女生童素心，由她的觀點敘述她與高中同學鍾沅綿延整個少女時期的同志情愫。這篇小說的情節在現在看來顯得有些保守——如果你已經覺得這有點禁忌，可能要加把勁，跟上大家的進度了——，是一個女生和女生互相喜歡，但因為跨不過社會加諸兩個女主角的壓力，而無法相愛的故事。然而，這篇小說最精采的部分不是什麼「突破禁忌」，更在於作者透過幾段對白曲折地表達出來的情感。

〈童女之舞〉的主調是壓抑，而壓抑的極處是，不必誰來管理，人們自己的心裡就有一個糾察隊在檢查所言所行。因此這篇小說之難，在於幾乎每一段對白都有字面以外的意義。童素心與鍾沅時聚時散，從來沒有真正在一起過，但兩人之情深處就表現在這種默契上。最值得注意的一段是失蹤的鍾沅在童素心考完聯考後，重新回來找童，並告訴她自己已經懷孕。她們討論到性，鍾沅說：

鍾沅把菸扔到地上踩熄，然後跳上堤防坐在我身邊，抓起我冰涼的手，指頭一根一根玩。「比方說，我在想，兩個女生能不能做愛。如果我是男生我就一定要跟你做愛。」

「那懷孕怎麼辦？」

「你是說我們還是我？」鍾沅拍了一下我的頭，笑道：「傻瓜，拿掉就好了嘛。」

這短短的幾行，已經是一遭兩人互相試探情感的攻防了。鍾抓起童的手指一根一根玩，然後說出「**能不能做愛**」、「**一定要跟你做愛**」時，是一方面避開童的眼光（玩手指時，視線大概不會是直視對方的），一方面透過身體接觸表達微微的曖昧。簡言之，這是一句隱匿的告白。而童的手卻早已冰涼，顯示她其實也大概曉得鍾的意思，而感到緊張。童接下來的回答「**懷孕怎麼辦？**」是十分高明的一句話。對於未經性事的少女少男而言，「懷孕」就是性愛最大的威脅與後果，但兩個女孩分明不可能懷孕，因此這句話真正的意思是：「如果我們做愛／在一起了，後果怎麼辦？」童這一問就顯示了自身的遲疑，鍾也感覺到了，因而下一句話聰明地為童找了台階下。她先說「我們」，表示聽懂了；再說「我」、「拿掉」，將話導回自己身上——「我」真正的懷孕很簡單，拿掉即可。而那句迴避著沒有說出的，是沒有辦法拿掉的那個「我們」兩個女生在一起的「後果」。

童素心的遲疑，以及鍾沅始終能聽懂這種遲疑，是這段愛情不可能繼續的主要原因，這也構成了小說最深刻的反諷——最懂的人，卻還是不可以。正如文前所引的段落，童那句話的用字是「**在一起**」，而理由是「**我們不一樣**」。但我們都曉得，問題正好相反，是在「一樣」——鍾沅說的：「**所以我好煩當女生。**」「煩」不是不願身為女生，而是這個身分有著附加在上面的牽制。那些牽制總是宣稱自己天經地義，但仔細想想卻從沒有一個合理的解釋。就好像，在我小學的時候，師長們從不阻止我們的懷孕遊戲，因為那樣剛好合宜於某種隱隱的規則；它也同時更強烈地暗示我們，那不被允許卻帶著強烈誘惑的，唯「能夠懷孕」的那種而已。而不能懷孕的那些，它們甚至不會被禁止，因為它們直接被當作不存在，最好你不要想到。

這是課本不教的理由。這是另一個從幾年前開始積極活動的團體如「真愛聯盟」、「護家盟」等希望它繼續不教的理由。它們希望強迫所有人都一樣會懷孕，這樣人們才會恐懼著懷孕，包括童素心和鍾沅，也許還包括雪兔與小狼、小櫻跟知世。而這是一篇發表於一九九一年的小說，距離現在，已有大概二十年了。

我總想找個機會問問它們：童素心和鍾沅到底還要繼續懷孕多久？

※關於曹麗娟：淡江大學中文系畢。一九九九年出版第一本小說集《童女之舞》，二〇

一二年出版復刻版。曾獲聯合文學小說新人獎、聯合報文學獎短篇小說首獎等。〈童女之舞〉曾改編為電視劇。

學校不敢教的小說（5）

自己的孩子與父親的玉——聶華苓《桑青與桃紅》

「老先生……現在不是陶醉在我們幾千年歷史裡的時候呀！我們要從這個灘上逃生呀！」

「我相信明天就會下雨了。一下雨水就漲起來了……我真的相信天有感應。我來給你們講一個孝子傳上的故事吧。有個叫庚子與的人，扶父親靈柩過瞿塘。六月水漲，運靈柩的船不能走。庚子與焚香求龍王退水。水果然退了。庚子與扶父親靈柩過瞿塘以後，水又漲了。」

「這條船上哪一個是孝子？」桃花女笑著問。

沒有一個人回答。

——聶華苓《桑青與桃紅》（一九七六）

之前，我們談到〈童女之舞〉裡焦慮著「懷孕」問題的少女們，然而在它發表的三十年前左右，有一本更尖銳地思考著國家、性與個人自由的小說《桑青與桃紅》就開始連載了。小說的主角「桑青」與「桃紅」是女主角精神分裂的兩個人格，小說分章敘述她在中日戰爭時期的四川、國共內戰時的北平、戒嚴時期的台北與美國顛沛流離的經歷。這本錯綜複雜但又充滿銳利詩意的小說，可以用一句話來概括主題：那個流浪的女子想要一個**自己的**孩子。

想要「自己的孩子」這個主題，為什麼要用這麼大的舞台、這麼戰亂的時代來搬演？那我們得先想想，對一個女人來說，讓一個孩子只屬於「自己」有多麼困難。孩子必然是母親所生，但首先在我們的社會制度裡，父親卻擁有了絕對的主宰權；透過姓氏與繼承制度，孩子會被劃入父親的家族，真正切身生產這個生命的人反而被隱沒了。再來，每一個出生於現代世界的孩子，都無可避免地屬於某一個國家。國家透過戶籍制度從出生的第一秒起就控管每一個人。孩子必須照它的要求成長、受教育、相信自己必須愛國、成人之後投入生產成為國家的經濟基礎，甚至在必要的時候，必須為了國家犧牲生命——當然，從沒問過任何人的意願。

屬於父親，或者屬於國家。「孩子是誰的？」這個問題，因此就至少展現了兩種壓榨：以男性為主體的「父權」壓榨女性（要妳生育，但屬於他），以及國家政權對每個人未經同意的壓榨。

《桑青與桃紅》文分四章，作者敏銳地呈現與批判這兩種壓迫，精采的段落迭出，光是第一章就精準地展開了這個主題。故事從一九四五年中日戰爭末期起頭，少女桑青偷走了父親的一塊傳家寶玉，並且與女同學史丹逃家。她們一同乘船逆長江前往重慶，卻擱淺困在瞿塘峽中間的石灘上，沒有任何救援。同船還有一名帶著嬰兒的放浪少婦「桃花女」、一名精壯的男性「流亡學生」、一名堅信傳統價值的「老先生」。這些人各有身世，但共同點是他們都無家可回，或者逃家，或者早已家庭破碎。文前所引的段落，正是走投無路之時，老先生安慰船客與自己的說詞。老先生在這段對話將兩個元素相提並論：一是中國數千年的歷史（國家的光榮），一是「孝子感應」的故事（父權的道德標準）。然而此時正是中日戰亂，國家根本就無力救援船客；而桃花女使眾人無言的反問「誰是孝子？」則暗示了這群「無家之人」也不可能因服從父權而獲救。甚至，如果老先生的天人感應說是有效的，這群人此刻的困境，恐怕就是因為悖離父權而遭到「天」的懲罰吧。正是在這種與社會斷絕聯繫的情境之下，所有的道德都漸漸失效了——而這些道德所支持的壓迫也鬆脫開來。因此，小說細膩地編織五名船客漸漸失控的悖德狂歡會，也是在敘述這五人由此獲得的「自由」：老先生隨著時間過去，一點一點放棄了原先的道德堅持；桃花女袒胸給孩子餵乳，實則不無挑逗之意；桑青在船上和素昧平生的流亡學生發生初夜；而史丹又與桑青有著社會規範所不容的女同志情感。

他們困在船上，但他們在那裡的所作所為，卻全部成為挑釁父權與政權的象徵。在第一章的最後，多日逃生無門的精神壓抑終於讓五人無法忍受，決定放浪形骸大賭一場。輪到流亡學生做莊家時，他要其他四人賭上自己「最寶貴的東西」，而若自己輸了，則任贏家處置。老先生和桃花女的賭注暫且不表，跟我們話題有關的是桑青與史丹。桑青以家傳寶玉下注——這塊玉是身為女兒的她在家裡連碰都不能碰的，預備傳給她弟弟的。偷玉逃家，既是報復，也象徵了對父權的反叛。但流亡學生卻說：「**我寧可要你這個……黃花閨女！**」史丹在一旁搭著話對流亡學生說：「**我就賭她那個人！我贏了，你讓路！你贏了，我讓路！**」值得注意的是，這賭注是三人各自「最寶貴的東西」。桑青拿出來的是玉，也就是她在傳統家庭裡得不到的平等尊重；史丹要的是桑青，點明了她們之間的同志情感；流亡學生要的是「閨女」，也就是少女的貞操，又是一個父權籠罩的概念。一場賭局，便糾結循環如啣尾蛇。由此來看賭局結果，就顯得饒富興味了。桑青輸給流亡學生，將玉遞給他，然而他拒收，並且柔聲說：「**我欠你一點東西。**」欠什麼呢？自然是桑青已經「給了」他的初夜。但桑青堅持給玉，這就反面透露了她的想法。流亡學生認為女性第一次的性是「給」，展現的是典型的父權邏輯——女性的身體所有權是屬於父親或丈夫的，是一種「物品」或（有價的）「商品」。桑青的拒絕強烈表達了「你並不欠誰，因為我屬於我自己」。的意念。同時，史丹贏了流亡學生，她要求流亡學生穿上女裝、抹上脂粉唱〈鳳陽花鼓〉。這種「羞辱」自然呈現了史丹性別傾向被壓抑的反擊心態，但最精采之處在於，當流亡學生依言唱到一半時，河上游突然漂下來幾艘船，告訴他們抗戰已經勝利了。於是流亡學生身著褻瀆的服飾，用力地擂著鼓慶祝勝利。這個詭異的場景，正是小說家安排的深刻反諷：她讓最嚴肅光榮的勝利，由經過一場徹底瓦解了所有道德的賭局的莊家來慶祝，並且，這個莊家此刻的樣子並不是一個「正常的男人」。看似道貌岸然的父權與政權，先是被桑青拒絕，既之而被流亡學生的扮相給嘲弄了。

我小時候常常聽到歷史故事提到一句名言：「覆巢之下安有完卵？」這是在強調國家對個人的重要性，或者有更白話的版本：「沒有國，哪有家？」然而後面這句話就邏輯來說其實是完全荒謬的。國家由人組成，所以應當是「沒有一個個（人組成的）家庭，哪裡有國？」而在桑青與桃紅試著生下一個只屬於自己，不屬於丈夫也不屬於國家的孩子的逃亡旅程中，整本小說卻不斷告訴我們與那句名言相反的故事：只有在覆巢之下，卵才可以不必背負著巢的期待，完整而自由地活著。

小說的最後，拘謹的桑青變成了放蕩的桃紅。她全心所想，就是活成一個自由的人，擁有一個自己的孩子。這是一個說起來簡單的夢想，但為此她既逃避美國移民局的調查，也遊走於好幾個男人之間。我們不知道她的夢想最後會不會完成，但我們已經從故事得到了暗示：唯有不斷流浪，繼續拒絕被安置在固定的框框裡，才有一點點接近自由的可能。

※關於聶華苓（一九二五—）：南京中央大學畢業。曾於台大、東海大學任教。在美曾獲頒三個榮譽博士學位、美國五十州州長所頒發的文學藝術貢獻獎。著有《失去的金鈴子》、《桑青與桃紅》等多部作品。部分作品譯成英、義、葡、波蘭、匈牙利、南斯拉夫、韓國語等版本。

學校不敢教的小說（6）

往無他者處演化——董啟章〈安卓珍尼〉

她並不知道自己正在等待這一天的來臨，她不知道等待是什麼的一回事，因為在她的意識中並沒有時間這種東西；沒有這種觀念，也沒有這種感應。她彷彿沒有死過，也沒有生過；她彷彿就是那樣一直存活了下來，自六千萬年前，甚至更久。她的母親以及母親的母親存活於她的意識中，她存活於她的女兒和女兒的女兒的意識中；她就是母親，也就是女兒。

她已經忘記在她悠長的生命中，曾經有過雄性的存在……

——董啟章〈安卓珍尼〉（一九九四）

「你是男生還是女生？」

如果有人能針對現代人一生所回答過的問題進行統計，這個問題出現的次數一定會名列前茅。這一切過程，從我們的生理發育還未大到體現任何差別之前就開始了。在口頭上、各種文件表格……我們被教導一定要屬於其中一邊，沒有其他選項，當然也沒有自己選擇的機會；然後，這個被給定的分類，就會每分每秒影響我們的生活：你（不）應該進入哪些空間、（不）應該有什麼樣的喜好、（不）應該有什麼行為、（不）應該選擇哪種科系和職業……他們會說，因為你是男／女生，所以你應該要那樣做，而你之所以屬於某一邊，是因為你身上有某種器官，所以，這一切都是非常自然的。

他們隱藏起來，不希望你追問的是：為什麼人類的行為要被自己身上的器官制約？我是否喜歡粉紅色和是否選擇念理工科系，難道是根據那些殊異的器官嗎？更重要的是，沒有別的可能嗎？

董啟章的〈安卓珍尼〉用小說展現了一場非常特殊的思辨之旅。這篇小說的第一人稱敘事者，是一名和她的丈夫關係不佳的女性。她的丈夫一切良好，但她就是說不出在他安排得井然有序的世界裡面，自己為什麼還是格格不入。於是，她決定逃躲到山中的一座小屋，尋找一種她稱之為「安卓珍尼」的罕見蜥蜴，這個名字「**源自英語中的Androgyny，意謂雌雄同體**。」小說大量穿插這種蜥蜴的學術性描述，包括性狀特徵和演化路徑的推想；同時，敘事者也不斷思索自己為何沒有辦法融入丈夫安排好的一切，想望著一個沒有男人的世界。在故事的後段，我們會慢慢知道原來「安卓珍尼」最奇特的特徵是，這物種只有雌性，但仍然會進行交配行為來繁衍下一代。小說告訴我們兩種可能的演化理論：它是演化路上的落隊者，不小心停滯在某個階段，遲早將被淘汰；它是雌性個體自我發展完足的結果，所以那些不被需要的雄性個體就滅絕了，這其實是更優越的一種演化形式。

閱讀這一長串的學術討論時，我們不能忘記的是，它仍然是一篇小說，即使它偽裝得煞有介事，本質上都應該是作家為了表達某種概念而虛構出來的情節。所以重點不是哪種演化理論是對的，而是敘事者最終選擇相信了後面那種理論。這一個選擇，就讓「安卓珍尼」成為敘事者內心的投射、成為一種象徵對應。那是敘事者苦思自己與現行社會格格不入之後，所盼望的一個專屬於「她」的烏托邦——有一種物種，她不需要雄性個體，更不需要一個把所有事情都安排好，就是沒有留下自由餘地的丈夫，就能夠生存繁衍。對應於情節，敘事者在現實中的抵抗就是盡可能拒絕生出任何一個男人的孩子：「**真正的戰爭，正在我的陰道內進行著，勝負取決於男人的精子是否能夠游到我的子宮，穿破我的卵子的壁壘，把我生命的最深處完全占據。**」在文學作品中，女性追求一個「自己的孩子」，本來就是一種追求性別解放、追求自由與尊嚴的象徵，如我們上一篇談到的聶華苓《桑青與桃紅》和黃春明〈看海的日子〉都是其中名篇。但是，〈安卓珍尼〉在這個議題上設想得更為深遠。它完全套用演化論的邏輯，推演出一套與現行社會相反的結果，推翻了那些「因為生理構造如何，所以你／妳就應該如何」的論調，那些人往往也相信「男主外、女主內」或各種壓迫性的社會分工，是出於社會演化的必然。但他們視為一切基礎的器官其實也是演化而來的，而它們之所以走到這個地步，不過是出於一系列的偶然。演化沒有目的，沒有藍圖，「安卓珍尼」正是其中一種替代的可能性，他們自身的邏輯產生了矛盾。如果連看似必然的「自然現象」、「演化」或「器官」都沒有任何必然性，我們怎麼能拿著那些隨機生成的東西，去限縮不同個體的自由選擇？

更值得注意的是，〈安卓珍尼〉選擇以女性作為敘事者寫出一個雌性物種的演化史。為什麼是雌性而非雄性？這就側面點出了問題所在：唯有受到壓抑的一方，才會期待壓抑的他者消失。——若非敘事者的丈夫以其學識和能力（同時，這些學識與能力都是在以男性為掌權者、主流的社會中產生的）阻斷了她所有選擇的餘地，她也許不會踏上這趟演化的思辨之旅。於是，我們這才發現，從我們第一次被問：「你是男生還是女生？」開始，兩條全然不同、且完全不公平的路就已經悄悄展開了。他們甚至不想聽我們真正的回答，只是期待我們給出他們設定好的答案。

幸好，他們還沒有能力阻止文學，沒有能力阻止文學所能在我們心靈上促成的演化。這一門總是追求著更複雜的人性的藝術永遠都有辦法在被給定的N個選項裡面，再添一個、兩個、無限個可能性。

※關於董啟章（一九六七—）：香港大學比較文學系碩士，現專事寫作及兼職教學。著有小說《名字的玫瑰》、《安卓珍尼》、《地圖集》、《天工開物・栩栩如真》等。曾獲聯合報讀書人最佳書獎文學類、中國時報開卷好書獎十大好書中文創作類、亞洲週刊中文十大好書、香港書獎等。

【二、殖民地的人們】

學校不敢教的小說（7）

玻璃壁內的生活——龍瑛宗〈植有木瓜樹的小鎮〉

陳有三不再給家裡匯錢，一直把理性和感情沉溺於酒中，而在那種生活裡，感到湧上來一脈脈陌生的陰鬱的歡樂。他放棄自尊、知識、向上和反省，而發現緊抱住露骨的本能、徐徐下沉的頹廢之身，有極為合適的黃昏荒野存在著。

——龍瑛宗〈植有木瓜樹的小鎮〉（一九三七）

如果你是一個熟悉台灣小說史的人，你會知道一個學術上稱之為「現代主義」的流派。一般認為，這個流派發端於一九六〇年代的台灣，由一群台大外文系的學生如白先勇、歐陽子與之後要談到的王文興、七等生、陳若曦等作家引起的風潮。我不打算詳細地討論理論，但有一點值得特別注意：這些在一九六〇年代崛起的現代主義作家們，面對的是一個封閉、高壓、看不到出路的社會環境，所以他們才借用國外的文學理論來抒發內心的惶（茫）然感。但是這種惶（茫）然感（及因為這種感覺而產生的文學）卻不是小說史上的全新事物——早在二十多年前的日治時代，已經有作家感受到類似的情感、寫出類似的作品了。

龍瑛宗的〈植有木瓜樹的小鎮〉發表於一九三七年，那時候的他一定很熟悉當時台灣文化人之間掛在嘴邊的一個詞：「碰壁」——當時人寫文章常常用這個詞來表達在社會改革時遭遇的挫折。一個詞的流行往往反映了一種心態的普遍，「碰壁」的流行就反映了一群已經適應了日本統治的年輕人，他們努力想要在殖民社會有所作為時，殘酷地發現整個社會根本不是殖民者所宣稱的「皇恩浩蕩」。〈植有木瓜樹的小鎮〉裡面的主角陳有三只有二十多歲，應該正是意氣昂揚的年紀，但整篇小說給人的感覺卻非常憂鬱無力。

不同於許多在現在讀者眼中已經顯得生澀拙劣的日治時期小說，〈植有木瓜樹的小鎮〉仍然是當代有品味的文學讀者一再重讀的名篇。當龍瑛宗同時代的小說家為了社會運動的理想，努力地寫著揭發殖民者醜惡、分析社會問題，並且相信社會正義必將到來的小說時，〈植有木瓜樹的小鎮〉透過陳有三所表達出來的「一路沉淪」的悲觀是非常突出的。與這一篇小說相比，那些帶著正邪對抗的心思去寫的作品便一下子淺薄了起來——如果一個作家真正接觸到人心之中無可救贖的黑暗，並且看見了墮落生活之使人耽溺的詭異魅惑：「**他放棄自尊、知識、向上和反省，而發現緊抱住露骨的本能、徐徐下沉的頹廢之身，有極為合適的黃昏荒野存在著。**」就再也無法相信任何簡單的信念了，更不用說隨之吶喊奔走。

那他還能夠相信什麼？——特別是，這還是作家的處女作？

毫無疑問，龍瑛宗絕對是最了解、最耽於「絕望」的小說家之一。小說從青年陳有三得到一個工作開始，他立志在薪水較低的前幾年生涯中發憤讀書，考上律師或者文官考試以改善自己的生活。然而隨著故事的進行，他先是看到身邊的台灣人同儕由於家室的拖累，一個個陷入無可轉圜的貧窮深淵，而過得較好的朋友卻都是些放棄了努力向上的理想，放縱於當下逸樂的人。在對未來無望的集體氛圍下，陳有三的鬥志一點一點被腐蝕，最終在追求自己心儀的女子未果的打擊下（因為，對方的父親如果不以女兒的美色換取聘金，就沒辦法維持家庭）完全放棄了讀書，沉入酒色。龍瑛宗用冷靜得近乎殘忍的手法寫著一個有為青年如何墮入他本來自己也看不起的生活裡，整篇小說甚至是用一種近似客觀分析的語調來寫，這種語調潛藏的暗示是：這不是一個自甘墮落的個案，這是每一個人在這種境遇裡面的「標準步驟」。這是必然的。

因為這是個「碰壁」的時代。

有一些讀者常常無法理解甚至批評這類有現代主義氣質的作品。他們質問：「文學呈現這種虛無、毫無希望的題材，有什麼意義呢？」更有研究指出，小說中的陳有三的絕望其實是一種無病呻吟，因為他的薪水在一九三五年的台灣、亞洲各國的經濟水準來說，都是中上程度，絕對可以保證一個不錯的生活。如果只以薪水來看確實如此——陳有三的月薪二十四圓，而他的鄰居有月薪僅僅三圓者。但我覺得這樣的思考方式是本末倒置的。其一，「虛無」題材的呈現不是作家主動的願望，而是被動地感覺到整個環境的毫無出路。如果可以，我想沒什麼人會願意活在能「感陳有三所感」

的生存狀態裡。其二，薪水並非全部的重點，重點在於自我實現之不可能——一個公平的社會應該要對人的才智與努力有相對應的回報，但陳有三的絕望是他無論怎麼努力、怎麼聰明都不可能過更好的生活，他的比較對象應該是有同樣才分的日本人（而不是受過較少教育的鄰居），而他的待遇永遠都不可能和他們一樣。

對人來說，痛苦是來自對所求不得之事的凝視，是來自無法成為自己想成為的樣子。

想像那樣一個青年：有不錯的教育程度，如果努力起來也可以成為很不錯的人。他沒有頂尖的家世，但有著願意支持他的家人。他從小所受的教育都告訴他，人只要努力，一定可以漸漸地改善自己的環境，甚至邁向成功。為此他真的願意吃苦以換取更好的生活，成為自己會尊敬的那種人。

如果這聽起來有點像你、我、身邊的所有人……

想像突然有一天，這樣的人奮力展翅往更高處飛，飛向陽光雲影燦爛之處，冷不防撞上了一道透明的壁障。起先他還努力地找尋出路，但是最終，他發現自己其實像是一隻被倒扣在玻璃罐裡面的昆蟲。從出生以來，他以為這個世界是完全開放的，只要努力，沒有什麼到不了的地方。然而此刻，他摸索出身處世界的真實樣貌了，那是看不見但結結實實的「不可能」的，「壁」。

由於戒嚴時代的閉塞，一九六〇年代的作家多半不可能認識龍瑛宗，無法知道有人早先一步寫出了這樣的小說。我常常幻想，如果他們能夠讀到〈植有木瓜樹的小鎮〉，不知道對那樣的時代會有什麼感觸。

而二十一世紀的青年如我們，如果在此時此刻認識了陳有三，會不會更有一種鏡中相對的感覺？

※關於龍瑛宗（一九一一——一九九九）：一九三七年，發表以日文寫作的〈植有木瓜樹的小鎮〉，獲日本知名文藝雜誌《改造》的年度小說佳作獎。一九八〇年，龍瑛宗克服

語言障礙，以中文寫出首篇小說《杜甫在長安》，再度引起文壇肯定。此後大量創作以中文書寫的小說、雜文與評論，多達百餘篇。

學校不敢教的小說（8）

自己們的餘燼紀念日——王詩琅〈沒落〉

英英烈烈從容就義，大聲疾呼痛論淋漓那有什麼稀罕？但耐久地慘澹辛苦，走充滿荊棘的苦難之道，卻是不容易的。路是明而且白。祗是能夠不怕嶮岨崎嶇，始終不易，勇往直前的現在有幾個人？自己已是宣告自己的無能了。拋棄父母朋友妻子，還要貫徹主張，做擔負未來的階級前衛，和密網滿布的資本主義的拚命，不是像自己的意志薄弱的做得到。所以由戰線篩落也是當然的。但是要醉生夢死地過去又是不可能了。

——王詩琅〈沒落〉（一九三五）

有的時候，一篇小說不見得能留給人非常完整的印象，但內中卻有一兩個詞句讓人恆久不忘。那甚至不見得是最美最好的文字，連作者本人恐怕都未必在上面刻意經營，但就是勾住了某些讀者。對我來說，王詩琅〈沒落〉裡面就有這樣一個詞，叫做「自己們」。〈沒落〉發表於一九三五年，當時是日治時期台灣白話文學的最後幾年歲月了，再過不久，被時人稱之為「漢文」的白話文就將全面禁止。從現在的觀點來看，那時候的白話文既拗口、又不優美，讀起來夾雜了台語和日語，有種凹凸不平的顛簸感。許多用字的意思也和現代不同，得從上下文去猜。「自己們」就是這樣一個在二十世紀下半葉絕跡的詞；它的意思有點像是「我們」，但又不太一樣。當轉述一件事的時候——第三人稱小說基本上就是一段長長的「轉述」——，「我們」這個詞容易把聆聽者也包含進來，但當小說的敘事者對讀者寫「**為要打破父母反對自己們的結婚……**」的時候，它指的是說話者自己，及說話者所認定的同伴。

不被認定為同伴的，是不能用這個詞去指的。

對〈沒落〉這篇小說來說，這點是很重要的，因為他所要寫的是僅有「自己們」才能理解的苦悶。因為就在小說發表之前的一九三一年，在台灣總督府全面取締之下，島上的所有社會運動幾乎都土崩瓦解。這篇小說寫的正是參與了整個潰敗歷史的見證人李耀源。小說分成三個場景，串起來就是主角耀源的一天。他年輕時是左翼激進抗爭團體的一員，後來被殖民政府逮捕下獄，數年後出獄，銳氣盡失地生活著。從這些經歷來看，他有點像是之後我們會談到的施明正，但王詩琅畢竟不是施明正那種擁有異於常人之自傲的人，他所寫出來的也就是一般人被國家如此重挫擊倒之後的日子。小說的第一個場景是主角早晨晏起，毫無朝氣；第二個場景是他想到今天法院開庭，審判某一位昔日一起參與社會運動的夥伴，遂到場旁聽；第三個場景是他到「咖啡店」（在當時是聲色場所）飲酒賭博，巧遇另一位運動同志。無論是在哪一個段落，一種沉沉的陰鬱之氣始終散布在行文當中，聲調與光線都帶有灰塵的質感。

在這三個場景中，特別值得注意的是「法院」的一段。主角耀源雖說是去旁聽，但其實只在法庭外繞了一圈，並沒有真正進到庭內。在他與庭外家屬閒談、繞著警戒線靜靜看著檢查庭、留置場等法庭設施沉思默想的時候，讀者才會理解到，他其實是來此憑弔自己逝去的理想與熱情的。重點不在審判如何，因為耀源已是個被擊敗、再沒能力左右結果的人了。如文前所引的那段，這種抱著已然落敗的理想而活著的人，是非常苦悶的；他們明知自己所想所為是正確的，卻沒有辦法搖撼這錯誤的世間。而當他們歷經苦鬥、被壓垮因而必須回去過著「安分守己」的生活時，又無法像一般人一樣安心過日子，過往的理想不斷在回憶中咬嚙著他們。那是一種餘燼一樣的生活：曾經比任何人都努力衝撞過，燃燒了自己肉體與精神最旺盛的年月，但在短暫的光亮之後，只剩下再也無法復燃的餘溫和灰燼。因此，他的心裡頭總是「**有一種輕蔑憐憫自己的感傷喘息著**」——整個人簡直分裂開來，自己輕蔑自己，自己又憐憫自己。

而在這個場景的末尾，耀源坐在喫茶店的窗前，看著街道前有一列遊行隊伍唱著軍歌過去，這才想起來今天是「海軍紀念日」。小說家安靜地描述遊行，但沒有加上任何評論和感想，這是一個非常高明的反諷場景。如果說到法庭去憑弔自己成為餘燼之前的光亮的今天，是耀源面對自己們曾抵抗國家權力壓制的努力全面失敗的「紀念日」的話，現在真正在街頭耀武揚威的卻是代表國家權力之極致的、軍隊的「紀念日」。小說家或耀源對此的默不作聲，也就有了深一層意義。

於是，耀源去了咖啡店——面對現實之殘敗，如果什麼也做不了，當然只能一醉了之。這個段落裡，〈沒落〉寫出了日治時期小說中難得深沉的一場飲宴，在一片歡聲鶯燕當中，不知怎麼的我們就是覺得那種灰塵的質感揮之不去。他們笑得越熱烈，底下的回聲就越空洞。就此而言，王詩琅確實是一個早慧於他的時代的小說家，他比他的同代人更早地掌握了一種描寫壓抑在表象之下的情感的能力。這段末尾，耀源遇到了昔日同志，一身的抑鬱終於找到了機會發洩，忍不住吐露心事：「**但這陰沉黯淡我想是不輸在獄中的他們。**」但是，老同志卻像被觸動傷心事了那樣不願多談此事，耀源也只好「**忙住了口**」。這個住口毫無責備老同志的意思，因為他們是「自己們」，他們曉得彼此的一切顧忌、消沉與隱痛，因為那就是自己。

一九三五年的王詩琅，寫下了〈沒落〉，為理想的覆滅留下不甘但無可奈何的見證。但是，如果歷史沒有被人們努力扭轉方向的話，見證就可能成為預言了，每個世代的反抗者無論是否讀過這篇小說，都是為了免於落入這樣的預言而獻身的。在二〇一二年的最後一個月，我謹以這篇文章向前輩作家，也向這遍地舉火對抗壓迫的時代致意。我們還有機會，人不是生來要成為餘燼的。當那一日到來，我們或將帶著完全不同的心情，過我們自己的紀念日。

※關於王詩琅（一九〇八—一九八四）：筆名王錦江。寫作範圍甚廣，包括小說、兒童文學、台灣民俗、台灣人物等。曾出版《台灣社會生活》、《日本殖民地體制下的台灣》、《台灣禮俗誌》等十多種。曾獲國家文藝獎特別獎等。

學校不敢教的小說（9）

在自己的土地上流亡——周金波〈鄉愁〉

我必須自己一個人回去旅館，但是要走那一條路，在那裡有路，在這個未知的土地上我完全不知道，想露宿也沒有草蓆。

我開始跑，一溜煙地，像抓著雲層一樣，邊哭叫的奔跑，趕快！向著點著燈火的人家，我回不到今晚宿泊的旅館了，耳朵的底處只聽到自己的腳步聲，更努力跑！更努力跑！但是響入我耳底的腳步聲的格調，不管我內心有多著急，只像是白癡奏的音樂一樣在反芻而已。

已經回不去了，實在是漫長的黑暗路，迷路啊！

——周金波〈鄉愁〉（一九四三）

之前，我們談過龍瑛宗〈植有木瓜樹的小鎮〉，思考曾經在日治時期瀰漫於知識分子之間的「碰壁」焦慮。一個台灣人在日本殖民體制下，會覺得「碰壁」似乎不太令人意外，但一個日本人身處那樣的台灣，也會有一樣的感覺嗎？

或者——一個覺得自己是日本人的台灣人，也會有這樣的感覺嗎？

周金波是日治時期的最後五年才開始活躍於文壇的作家，由於歷史的因緣際會和他自身的認同選擇，他可能是台灣文學史上最多研究者想要故意遺忘的作家，因為他實在是太讓人尷尬了。他十三歲赴日讀書，並且取得了牙醫師資格回台開業。也就是說，他人格養成最重要的少年時代是在日本接受教育的，很自然地，他從頭到尾都覺得自己是個日本人。他代表了當時一部分人的想法，認為日本文化等於進步的文化，相對於傳統的、落後的台灣本土文化。因此，他們自居為比較進步的那種人，認為要將「同胞」從落後的文化中提升上來，讓他們成為日本人，過著更現代化的好生活。

我們可以想像一九四〇年代之後出現在台灣上的每一個族群都不會太喜歡他。不管是認同自己是「中國人」還是認同自己是「台灣人」的人，都會認為周金波是一個被洗腦的「皇民」，是屈從於殖民者的背叛者。而對他極力成為的日本人來說，他頂多是一個模仿得很像的台灣人，永遠不會被承認。在文學史上，對於那些對抗當權者的作家，雖然課本不願意教——別忘了，當權者是不願意我們學習太多關於自由和反抗的概念的——但至少有良知的學者總是願意一再談論他們，以此發揚他們的精神。但面對這樣一個同意當權者想法的作家，我們的「良知」就開始受到挑戰了。因此早期的學者，大致上都全力批判周金波對日本的認同；但越到晚近，我們越能不帶成見地看出來，周金波那樣的選擇其實是自然而然的，而且他也確實是出於希望「同胞」能過上更好生活的善良理念。

於是，這樣的作家簡直讓所有人都尷尬極了——那感覺就像，小時候看電視、電影、小說總要問「某某人是好人還是壞人？」但某一天，你會遇到一個角色，讓你不知道他是好人還是壞人。你會覺得你同時同意他又不能同意他。

這種尷尬其實很正常；因為在他最好的作品〈鄉愁〉裡面，他自己也對自己很尷尬。這篇小說敘述一個從日本留學回台的青年，對台灣的一切文化都不能習慣，一直懷念著在日本的生活。故事開始時，他前往一個溫泉勝地度假，希望能在那裡重溫舊夢，不料恰好遇上一場鬥毆將他嚇壞了。在小說敘述的過程當中，這個台灣青年一直處於一種驚嚇的狀態裡；那種驚嚇是處於陌生之處，對周遭的人不了解，因而以為周遭的人都有敵意的戒心和焦慮。我們不斷看到敘事者害怕鄰居、害怕路上的老人、害怕街邊像是流氓的人。周金波寫出了一種奇怪的狀態，一個人在回到了家鄉之後，反而像是流亡到了異鄉。如同文章最前面所引的段落所傳達出的陌生與驚慌的氣氛，對他來說，「**在這個未知的土地上我完全不知道**」，「**想露宿也沒有草蓆**」。而他想回去的旅館是座他特意挑選的日式旅館，裡面一位來自九州的女侍是唯一對他友善的角色。在這裡我們看到一個反諷，「居處」本來就常常是認同的隱喻，就像我們會以居住地的名稱來定義自己是誰（台灣、日本、中國……），他選擇「日式」當然也是一種隱喻。但此刻這個居處卻是「旅館」，一個不能久留、終究不是家園之地。而那名女侍像同鄉一樣和他聊起了九州的事，也是類似的弔詭——她畢竟是個服務人員，不見得是真誠的。然後更糟糕的是，他連回到這樣脆弱的居處的路都找不到，而「找不到」的原因又是他對真正的家鄉的不了解。於是我們看到如此絕望的段落：

這裡的社會，讓人感到有一種枉然的恐怖感，並不是因為被打、被踢的傷痛，而是因為對自己故鄉的懷念、仰慕而回到它的懷抱時，卻是這裡對自己呈現出的是一

種冷淡，沒有理解，不親切的地方。這種已是無法挽回的枉然的恐怖感漸漸向我逼過來。

他寫了兩次「枉然」。這是一個曾經在處女作〈水癌〉裡面發下「**我必須做同胞的心病的醫生**」豪語的作家，試著拯救（當然，是他自己這麼認為）同胞脫離愚昧的人。然而不過回鄉幾年，他就寫下了「枉然」這兩個字，意思是「做什麼都沒有用」。在這一點上，他和努力不懈地爭取民族自由的賴和、和「碰壁」時代的所有作家有著非常類似的焦慮。而他的感覺又有一點不一樣。小說的標題是〈鄉愁〉，這一個俗濫的詞在他手裡卻變得很耐人尋味。與故鄉乖離了才會有鄉愁，那他的愁是出自哪一個鄉？讓他現代化了的日本，還是始終格格不能入的台灣？或者，都是？比起余光中〈鄉愁四韻〉那樣至少篤定自己屬於何處的鄉愁比起來，周金波顯然體會了更荒涼的情感。

是什麼讓他這麼尷尬？他不過是選擇了一件他相信的事，不會知道再過幾年，國民政府會取代日本人統治這座島嶼，他所相信的一切將一夕消散，成為被譴責的罪狀。那些任何人都無法預測的歷史變遷，讓他變成一個不只課本不想提起的人。幸好，文學提供了一點安慰。像這樣站在別人不曾站立的位置上的人，像這樣挑戰我們對「良知」、「好人壞人」的年幼想像的人，總能達至旁人所不能及的人性深度。他不是好人，因為他所有的良善意圖都沒有帶來好的後果。他也不是壞人，只是沒能理解事情怎麼還是一路壞下去。

他不是誰，只是像我們一樣的人而已。

※關於周金波（一九二〇—一九九六）：日本大學牙科專科部畢業。一九四二年，短篇小說〈志願兵〉獲得第一屆「文藝台灣賞」，由於該作，周金波日後被一些台灣文學研究者、作家歸為皇民作家。周金波創作以小說為主。一生作品不少，多刊載於報刊雜誌上。

學校不敢教的小說（10）

一個人的殖民戰場——大鹿卓〈野蠻人〉

他搖搖晃晃走了出來，但是一來到離剛才自己射死的屍體面前，便畏縮地停下腳步。有一段時間，他目不轉睛地盯著那具屍體。突然，他以野獸般的敏捷速度跑回森林裡去，然後將一棵倒下的樹，連根帶葉地拖過來。他將樹搬到屍體頭的方向，讓沉重的頭緊緊枕在上面。死人的嘴裡，血汩汩流出。夜光裡，黑血蠕動，讓他害怕不已。他不自覺退了幾步，然後又跪了下去。一隻一隻扳開冰冷死人的手指，拿走番刀，敲進死人的喉嚨裡。番刀一半吃進肉裡後動也不動。「該死、該死」，他抓起身旁的石塊，不斷敲打刀脊。後來連敲打也讓他感到不耐，乾脆用沾滿泥巴的腳用力踩踏。

首級發出沉甸甸的低音落了下來。

——大鹿卓〈野蠻人〉（一九三五）

「殖民」是一件複雜的事，它是兩文化交匯時，一方強力壓制另一方的活動。但它不只發生在一塊土地、一整個社會身上，而且會在每一個個別的人身上發揮作用，使心靈如同哈哈鏡一般曲折變形，不僅影響被殖民者，也影響著殖民者。文化之間的影響最微妙的一點是，不像是政治、經濟、社會控制等權力機制，我們可以很明確地說出占優勢的是哪一方；在兩文化作用在一個人的心靈上時，優勢與劣勢常常是不穩定的，殖民者可能會被占領，被殖民者未必滿盤皆輸。

如果我們討論殖民，必然就要討論反抗與自由的議題，這就是為什麼我們的政府不希望課本太關注台灣的日本殖民時代。因此，在有限的篇幅當中，我們對被殖民的台灣人都討論得不夠充分了，更何況是殖民的日本人進入台灣之後的變化。閱讀大鹿卓的〈野蠻人〉或許可以補上殖民者的部分。這篇小說的主軸是在日本與父親決裂的年輕人田澤，被父親放逐也自我放逐到台灣來，成為深山中監視原住民部落的警察。

隨著時間過去，他不但漸漸適應了此地的生活，更被激發了一種想要變得越來越「野蠻」，越來越貼近泰雅族人的「自然狀態」的想望；於是他第一次擊殺了叛變的原住民之後，便在興奮之中砍下了對方的頭，也在故事的結尾娶了初時覺得骯髒的原住民少女泰伊茉莉卡露。

從一個台灣讀者的觀點來讀這篇小說，感覺是非常微妙的。它彷彿展現了作者對台灣原住民文化的某種傾慕，甚至可以說在某些層面上是反被原住民文化給「征服」了。可是，行文之間我們又可以感受到日本人明確的優越感。在日本是個失敗者的田澤（「**沒有抱著同年齡青年那樣的霸氣**」），在殖民地卻是頤指氣使的（「**田澤以粗暴的聲音制止了她**」），焦躁的時候就「**一面責備著隘勇，一面推架起木柴燃燒火堆。**」對於當時的許多日本人來說，台灣作為新得到的殖民地，是一個重新開始的希望之地，因為不管在日本過得多麼不如意，只要來到台灣，就能一躍成為具有特權的統治階層，田澤也依循著這個模式，在小說中段漸漸建立了自信。那樣的強壯形象，其實並非來自心靈本身的剛強，而是夾帶權力壓迫他人的一種虛張聲勢而已。因此，我們會看到田澤再三要求參與攻擊部落的軍事行動，一旦沒有被命令加入，還會如同魯莽的少年般抗命前往。

這之中的心理很值得玩味：他是真正的勇敢嗎？還是說，知道在日軍優勢火力下參與作戰，是一種賭命機率較低的冒險？或者，他也知道了自己的虛張聲勢，而希望真的有某些親手完成的「戰果」，如同文前所引他突然在衝動下斬馘的段落？這是很難區分開來的。而他對原住民生活方式，他稱之為「野蠻」的那種質素的追求，也不能單純看作是傾慕原住民文化。傾慕的成分是存在的，畢竟這是在他過往的日本人生活當中不可能經歷過的事物，但要注意的是，這種傾慕仍然是有所保留的——他永遠仍是一個日本人，就算最後他親手建造木屋、由長輩親手換上了勇猛的泰雅衣裝，他還是保留了一個安全的位置而有別於真正的泰雅族人。他的槍枝永遠不會被沒收，他隨時可以換回警備員的制服，這就是決定性的差別。

權力的高低，在於可選擇之選項的多寡，而不在於此刻他選擇以哪種形象活著。

不過，就在田澤這樣的角色身上，我們看到由於與被殖民者接觸，殖民者的價值觀有了鬆動、翻轉的可能性，「日本人優於台灣人」的不等式動搖了，即使只是暫時的。這樣的變化、擺盪拉扯可以從田澤與泰伊茉莉卡露相處的過程中看出來。最初，田澤一面被她的肉體魅惑，一面自我抗拒「**反正她是個番女不會吸引我的**」。但是，隨著少女直截了當的熱情和關懷，田澤也慢慢軟化，將這種大膽的表現視為他所追求的「野蠻」的一部分。在這裡，我們可以看到小說精心安排的一組結構：性與死，生命的延續與生命的終結，成為最貼近自然的、田澤最念茲在茲的「野蠻」。到了最後，他甚至調轉了角色，阻止泰伊茉莉卡露抹粉、學習拿筷子等日式行為，而想著：**「不對，泰伊茉莉卡露也潛藏著不輸給雅烏伊娜給的野性，喚醒那野性是自己的責任。」**這段宣言十分詭異，何時輪到日本人來喚醒泰雅族人的野性？甚至，養成那種「野性」的生活，不正是被日本所破壞的嗎？不管作者有沒有意識到這一點，其中的矛盾，就顯現了殖民者的盲點與弱點，來過台灣這一遭之後，日本人再也不會是純粹的日本人了，就像泰雅族人也不再會是純粹的泰雅族人一樣。

那種影響，是不可能抹去的印記，也就解消了殖民者宣稱自己是比較優越之人種的神話——在每個人都成為一個文化戰場的殖民地，有誰還能不是（文化上的）混血兒嗎？既是混血，又何來優越人種之說？在殖民地裡，人們成為互相映照的鏡子，即便是強勢的那一方，也得從弱勢那一方的瞳孔中才能看見自己的身影，就像田澤在最後一幕穿上了泰雅衣裝，興奮地在部落中蹦跳時，心內閃過的是：**「興奮地想到自己的行動可以讓他們沸騰，自己更加被興奮感驅使。」**

至少在這一瞬間，他就像任何一個渴求父母認同的孩子一樣了；就算他自居是這群「番人」之中的國王，也是那種需要「番人」為他持守著新衣的祕密的國王吧。

※關於大鹿卓（一八九八—一九五九）：出生於日本愛知縣。日本小說家、詩人。曾於一九〇五年隨同家人短暫移居台灣。小說〈野蠻人〉發表於一九三五年二月號的《中央公論》，此篇文章使得他在文壇嶄露頭角，此後陸續創作以原住民為題材的作品，例如〈欲望〉及〈奧地的人們〉等。

學校不敢教的小說（11）

心懷裡的祕密微光——李喬〈哭聲〉

下鷂婆嘴以前，阿青砍下一棵拇指大小的石楝樹。阿福問他什麼意思。他說削做拐杖。……他扭捏地說：想留給爸爸的。他用了一個留字，覺得很不舒服。

阿福想想，借過伐刀，霍然揮起，向紫灰石壁砍下去……迸起一些小石塊。阿福找到兩片金龜子大小的石塊，塞進褲袋裡。

「帶回去紀念？」

「嗯，一塊給小女兒玩，一塊給老婆。」

他摸摸插在背上的新拐杖，囁嚅一陣，想說什麼，結果還是沒說出來。

——李喬〈哭聲〉（一九六九）

台灣是一個奇特的地方——它隨時都受到戰爭的威脅，但居住在這裡的人們對「戰爭」卻缺乏實感，幾乎只有好萊塢電影的概念；它在半個多世紀前，才因為各式各樣的原因被迫參加未必是自己的戰爭，但這些記憶卻完全從大眾的印象中抹去。當我們說到「戰爭」，我們腦中浮起的是刺激無害的爆破場面，是從遙遠世界的另一端傳來的、模模糊糊的新聞畫面。總之，我們絕少談起這個確切存在於我們的過去、也可能關乎我們未來的主題。

課本教過我們日治時期的「志願兵」、「軍伕」，但一如既往地，它不會提起這些名詞背後的〈哭聲〉。李喬的這篇小說書寫阿福與阿青兩名壯丁，收到日本政府徵召命令之後的一場小小的冒險：在他們居住的山村「蕃仔林」裡，山頂人煙罕至，因為形如鷂子而被當地人稱為「鷂婆嘴」；長年以來，鷂婆嘴時不時傳出嗚咽的哭聲，沒有人曉得那是什麼發出來的，以前好奇探勘的人全部都失蹤了。阿福與阿青決定在出發赴南洋當兵之前上山一探。小說很單純地敘述他們一路的發現，以及兩人像前文所引的段落那樣，充盈著上戰場前的忐忑和即將離鄉的眷念的對話。

這篇小說最引我注目的一點是，它真的是一篇與「土地」和「自然」深深牽連的作品。有許多鄉土作品宣稱自己如何地貼近土地，可是遠不如〈哭聲〉那樣將人與土地、人與自然的共感寫得那麼細膩深入。就在壯丁們一個個被徵召到南洋戰死的山村裡，俯瞰著村子的鷂婆嘴一直傳出「哭聲」，這即是作者透過神祕的（超）自然景象寫出曲折隱約的哀憫。而主角倆的「冒險」很精確地表達了將要出征的人心——為什麼要前往村人畏懼的神祕之地？首先當然是因為兩人已經視出征如必死，早就無所畏懼。除此之外，其下還隱藏「如果都是死路一條，也寧可死在家鄉」的心意。因此，上山途中的幾段兩人對話總以不小心挑動彼此傷心事而中斷，再怎麼「**努力控制自己，不想過去也不想以後**」也沒有用。兩人都想體諒彼此，但自己的悲傷卻又不由自主地說出觸動彼此的話。作者恰如其分地安排了大晴天，用日頭的逼曬對應內心的煎熬；而越往上走，風便相應颳大，這不只是如實描寫山頂景象而已，更是隱然烘托了逼近未知、逼近命運的謎底之刻（為什麼會有哭聲？我們出征之後還能活著回來嗎？）惴惴不安的氣氛。真正到了「鷂婆嘴」，發現它竟是一個堅實適於人居的山洞時，又寫出了另一層心思：在這裡，故鄉的土地彷彿溫柔地對人們敞開，告訴他們，如果你願意，我能夠以我的神祕提供隱蔽。然而，人卻只能（縱使無奈但是）勇敢地拒絕這樣的庇護，因為如果他們真的為了自己而躲起來，日本人「**會把整個蕃仔林翻過來的！**」躲與不躲之間的抉擇，是主角質樸的、對故鄉人事的眷顧，幾乎可以說是一種自願的犧牲了。

整篇小說最溫柔可感的段落，就發生在鵪婆嘴山洞裡。阿福與阿青在這裡發現了一叢名貴的野生金線蘭。這叢花變賣了絕對可以使兩人富裕，但因為時值戰爭，販售不易，故兩人決定先留著不採。於是出現了兩難：這叢花存在的祕密勢必不能洩露給別人知道，但若只有兩人知道，萬一自己不能夠從南洋生還怎麼辦？這在一般小說中，是正宜於發展一串勾心鬥角情節之處。然而，李喬的處理完全相反。阿青首先要阿福告訴他的老婆，萬一戰死，阿福的妻女以後可以自己上來採。但同時，阿福卻也想到，阿青沒有妻室、只有一雙不可能爬上山的年邁父母，那阿青能夠告訴誰？阿青顯然早想到了這點，但仍主動提議要阿福告訴妻女，這中間就浮現一種豁然而溫煦的情意——他不是不在乎這筆錢，而是他有比起錢更願意堅守的價值。阿福也體解了這一切，於是馬上也決定他不告訴老婆了。在這裡，李喬輕巧而精準的點出了兩個可愛的莊稼漢的個性，這是某些平庸的鄉土文學作品一直致力追求、卻很少能這樣高明地寫出來的人情深摯、淳美之處。李喬是一個熟稔於現代主義技法的作家，但他並未追隨現代主義「人無法互相理解」的主題，在他那裡，這叢金線蘭就是互相理解之可能性的象徵。更重要的是，兩人在這段經歷之後，就再也不是出發前那毫無希望、被動赴死的志願兵和軍伕了。從此，無論面對的是世界上哪一個角落的戰火，他們心懷裡將永遠點著這叢金線蘭的祕密微光了。為了故鄉深處這神祕微小的美麗事物，他們必將盡一切的努力活著回來。

這篇發表在一九六九年的小說，在十一年後，被化成長篇小說《孤燈》開頭的一個段落。它的主題果然就是這兩個青年如何憑著回鄉的意念在南洋的戰場咬牙苦撐。在這個長篇裡，李喬透露出了更強烈的焦慮，他總是擔心這些關於戰爭的記憶就這樣被我們的社會完全遺忘了。但與此同時，我卻注意到《孤燈》開篇的「哭聲」段落有了異動：他們在「鴟婆嘴」竟沒有發現那叢野生的金線蘭！我對此始終百思不得其解，為什麼這麼精采的細節被小說家刪除了？我也感到有點難過，莫非在這十一年間，小說家對人的互相理解不再抱有同樣的信心了嗎？讀者再沒有機會瞥見那樣被珍藏的祕密瞬間了嗎？

這樣，我們要憑藉什麼去相信，那樣慘酷的戰爭不會再發生了？

所以，我寧願這樣讀：金線蘭還是在那裡的，它就和鴟婆嘴的哭聲一樣是神祕而確實的存在。它只是暫時被掩蔽在人們不願一探的山洞裡，但總有一天，陷入絕境的我們，將在一次無懼生死的冒險當中，重新發現它在我們心懷裡的位置。

※關於李喬（一九三四—）：另有筆名壹闡堤，畢業於新竹師範（今為國立新竹教育大學）。一九八〇年出版以台灣日治歷史和戰爭為背景、橫跨家族三代的《寒夜三部曲》小說，由《寒夜》、《荒村》、《孤燈》三大長篇組合，曾由公視改拍成連續劇。曾獲吳三連文藝獎、國家文藝獎等。

學校不敢教的小說（12）

在所有事物的交界處——陳千武〈獵女犯〉

——我恨，恨自己前天晚上，怎麼沒有把你們殺死！恨會毀滅自己啊。劫奪大家的婦女，當然會叫人憎恨呀，恨那一群人，那一群盲從戰爭，而採取野人的暴力行為，排斥和輕視異民族的，不自覺的、沒意識的，那些士兵們的行為，是不可原諒的。

——我瞭解你的恨怒，不過，只有恨怒，是不能糾正醜惡的姿態啊！

林兵長這一句話一半是講給自己聽的，他似乎照著鏡子看了自己醜惡的姿態，而感到悲哀。

——陳千武〈獵女犯〉（一九七六）

我至今還非常清楚地記得，初次讀到陳千武的小說〈獵女犯〉時，腦袋裡浮現的第一句話：「咦，日治時期的台灣志願兵真的有上過戰場耶！」那年我剛上大學，我因無知而產生的驚嘆證明了我們中小學教育體系的殘缺——它教授了許多片段的知識（比如說，我知道「志願兵」是什麼），但對於這些知識的意義卻沒有交代。因此，它無法引導我們從這些知識出發，更深入地去感受前人的情感與生命，甚至到上了大學，我仍——我相信還包括絕大多數同代人——沒聽過任何一個志願兵的故事。故事是別人的人生，聽故事可以讓我們無法選擇的一輩子活得超過一輩子，也是練習理解他人的最佳機會。反過來說，當一個社會缺乏某一類的故事，就意味著人們對那一類的生命缺乏理解。

而通常，缺乏理解就意味著缺乏同情。

所以我一直覺得，能夠讀到〈獵女犯〉是一件很幸運的事。陳千武補足了人們向來忽視的一段故事，及這故事背後的人性衝突。敘事者林逸平是日治時期被徵召的台灣特別志願兵，因為能力優秀而被任命「兵長」。故事開始的時候，林兵長派駐的帝汶島完全被盟軍封鎖，所有外來物資補給均告斷絕。這裡的「物資」指的不只是武器、彈藥和糧食而已，還包括人——「慰安婦」。於是，林兵長所屬的部隊便被派去當地的土著部落掠奪年輕女子，並且負責將她們押送到當地軍政中心進行慰安婦的「訓練」。篇名〈獵女犯〉很精確地點出了這件事情的本質：有著現代化軍隊的日本，用極為野蠻的手段在「狩獵」，且還是狩獵一種人類，文明的力量反諷地壯大了野蠻的犯行。身為台灣籍日本兵，林兵長始終站在一個可說是微妙、也可說是尷尬的位置上觀察整件事。他道德上對日軍的行徑非常反感，萬分同情拿著簡陋武器就想突襲日軍搶回妻子的土著；他更同情那些被俘虜的女子，她們的被迫讓他想起了自己同是被迫「志願」的命運；但同時，他在土著們的眼中，卻同是不折不扣的日軍、「獵人」。文前所引段落是林兵長和突襲日軍失敗被捕的土著的對話，曲折地寫出了林兵長的心思。面對土人赤裸裸的憤怒，他對對方、也是對自己說：「**只有恨怒，是不能糾正醜惡的姿態啊！**」在這裡，「醜惡的姿態」指的是日軍的暴行，他雖然在情感上也有同樣的憤怒，但理智上曉得正面抵抗日軍威權是不可能的。然而這樣屈從了日軍的自己，卻也不是完全無辜的，畢竟受到直接威脅的不是他，他的安全地位正來自於他的從屬，所以他「**似乎照著鏡子看了自己醜惡的姿態**」——土人作為一面鏡子，讓他看見自己同樣的憤怒，也讓他看見自己作為共犯的事實。當他那樣開口對土人說話時，其實就默認了自己的位置了，那是不同然而近似於日軍的姿態。

林兵長不是自願成為獵女犯的，但他的「非志願」卻不能使他無辜，這之中的道德困境是確實親身參戰的作家陳千武對這場戰爭最深刻的思索。台灣兵的困境在於，他們必須默許自己成為「犯」才能夠活下來，因此一切的道德堅持在殖民統治裡全都被壓碎了。日本發動的戰爭不只使日本犯了罪，也迫使殖民地人民同罪。小說中林兵長與一名慰安婦賴莎琳的所有段落，都巧妙地表達了殖民地人民這種混亂地交界於所有事物之間的狀態。賴莎琳是華裔後代，因為能通閩南語而與林兵長漸漸親近。起先她認為林兵長也是日軍的一分子，無論林兵長怎麼解釋，她就是無法理解林兵長怎麼可能既是日軍、又不願意是日軍。她深受當地土著文化沾染的直率思考，襯出了林兵長的依違難定。到故事的最後，她終於成為慰安婦，始終掛念著她的林兵長雖無性慾，還是買票去看她。他一進入房間，賴莎琳便問：「**你不是也來狩獵？**」「獵」這個意象再次出現，這次指的是日軍的洩慾行為。但林兵長只是靜靜地度過了這二十分鐘，什麼也沒做。就在他要離開時，賴莎琳突然抱住了他：

——**不要出去，我要你多待一會兒。**

——**你不是討厭我嗎？**

——**我討厭你，但是我要你狩獵我。**

林兵長受了女人的髮香味噎著，半被動地也緊緊擁抱著她，在心裡想著：

——我這個無能的獵女犯，該怎麼辦？……

那靜靜的二十分鐘，終於讓賴莎琳理解了林兵長跟日軍的不同，因此主動地「**要你狩獵我**」。然而，陳千武卻沒有讓這一刻滑入低俗的感情大和解。他反而藉此寫深了林兵長的兩難——他可以順勢滿足自己對賴莎琳的情意（慾），但這就落入了與日軍同流的「狩獵」；若他拒絕了賴莎琳，雖可貫徹自身的純潔，但必將傷害到她。這裡的巧妙處在於林兵長自況的「**無能的獵女犯**」一詞：林兵長其實是沒有選擇的，因為他的性慾根本是疲軟的。他的（性）無能象徵了殖民地人民無法自主的尷尬位置。他在這場非他發動的狩獵中成為獵人，就算他不參與惡（狩獵），也只是無能為力而不是真有什麼積極為善的能力。他的無法自主，也使得他成為所有犯行的共謀。他是那個在所有事物的交界處，被侵入、被驅使、被擠壓變形的人。

然而，這樣的擠壓卻最宜於文學礦脈的結晶。陳千武在戰爭結束之後二十多年，開始寫這一系列戰爭的故事。他寫得不快，但很有毅力地在十七年裡一篇一篇完成。這本出版於一九八四年，收錄了〈獵女犯〉，後來定名為《活著回來——日治時期台灣特別志願兵的回憶》的書有十五篇小說，每一篇都記錄了志願兵從出征到生還的一個階段。那是他始終記得、但我們的社會太快遺忘的東西；幸好他留下了它們，留下了一串理解那些被迫變形扭曲之人的鑰匙。

※關於陳千武（一九二二—二〇一二）：筆名桓夫、陳千武。為笠詩社發起人，曾任台灣筆會會長、台中市文化中心主任。代表作為詩集《密林詩抄》、《野鹿》；小說集《獵女犯》等。

【三、時代在進步，痛苦也是】

學校不敢教的小說（13）

被火車偷換的世界——朱西甯〈鐵漿〉

大家眼睜睜，眼睜睜的看著他孟昭有把鮮紅的鐵漿像是灌進沙模子一樣的灌進張大的嘴巴裡。

那只算是極短極短的一眼，又哪裡是灌進嘴巴裡，鐵漿劈頭蓋臉澆下來，喳——一陣子黃煙裹著乳白的蒸氣衝上天際去，發出生菜投進滾油鍋裡的炸裂，那股子肉類焦燎的惡臭隨即飄散開來。大夥兒似乎都被這高熱的岩漿澆到了，驚嚇的狂叫著。人似乎聽見孟昭有一聲尖叫，幾乎像耳鳴一樣的貼在耳膜上，許久許久不散。

可那是火車汽笛在長鳴，響亮的，長長的一聲。

——朱西甯〈鐵漿〉（一九六一）

在日常生活中，我們常常聽到人們用「劃時代的發明」這個詞去讚揚一種嶄新的科技物，好像這些最先進的技術就一定會改變人們的生活。但事實上，一種科技物卻往往要到了它已經看來平凡無奇的時候，才是發揮最大威力、最深入社會的時候。「火車」就是這樣一種東西。生活在當代社會的我們，已經很難想像火車曾經多麼激烈地扭轉了人們的生活方式，甚至是影響了人思考事情的方式。

朱西甯的〈鐵漿〉便是用小說書寫這種激烈扭轉的經典作品。〈鐵漿〉的主軸看似跟火車關係不大，是一個中國內陸小鎮的兩大家族（孟昭有、沈長發）為了包攬官方鹽業生意，自殘肉身來嚇退對方，最終是孟昭有吞下滾燙的熔鐵汁而死，以這樣的蠻勇膽氣為孟家取得包攬權的故事。然而，值得注意的是，朱西甯在這篇小說裡面用上了一種很精巧的現代小說寫法：他在故事進行的空檔之中，不斷插入與情節無關的號誌旗杆、鐵路鋪設聲、關於火車就要開到鎮上的耳語等一系列意象，形成一種意象的連結效果。而越到逼近結局的地方，火車的段落越是頻頻出現，甚至在最後喝鐵漿的大戲前，看熱鬧的人群還一直來報「**火車真的要來了**」而吸走了不少人潮。乍讀之下，讀者會覺得火車的這些段落是多餘的，少了它們，孟昭有拿刀刺小腿肚乃至喝下「**大補的西瓜湯**」的故事絲毫不會有所妨礙。但是，這種寫法的重點，就在於引導讀者去思考這系列意象與故事本身的關聯性；它們之間的空檔，正是作者想要表達的重點所在，這是一種類似雕刻「陰刻」的手法，把真正想說的話挖空。

所以，真正的重點是：「火車」和「蠻勇地包攬鹽業」有什麼關係？如果歸納這兩條線索，我們可以很清楚地看到，這其實是一場「現代」與「前現代」之爭。當代表著現代生活的鐵路、火車節節進逼小鎮時，所帶來的不只是一台巨大的機器而已，也意味著整個社會生活都要被打翻重組：「**火車帶給人不需要也不重要的新東西；傳信局在鎮上蓋了綠房屋，外鄉人到來推銷洋油、報紙和洋鹼，火車強要人知道一天幾點鐘，一個鐘頭多少分。**」朱西甯敏銳地寫出了最關鍵的變化，那就是精確的時間——火車是要準時的，就像現代生活當中，沒有任何一秒是可以脫離計畫。這對我們來說或許很尋常，但對當時的人來說卻是全新的觀念：「**三百六十個太陽才夠一年，月份都懶得去記。要記生日，只說收麥那個時節，大豆開花那個時節。古人把一個晝夜分作十二個時辰，已夠嫌嚕囌。再分成八萬六千四百秒，就該更加沒味道。**」而這種對時間的精確計畫，最終的目的是將每個人、將整個社會的生產力調至最高效率。然而，課本不曾提醒我們去問的是：如果在這種最高效率的「現代」出現以前，人們就可以過著自給自足的生活，我們為什麼會需要犧牲悠閒度日的自由去換取分秒不差的生產力？

同時，作為對比的是孟昭有和沈長發。他們並不曉得接下來將發生的變化，而還是用前現代的方法，去爭取前現代的利益——在交通不便的年代，包攬小鎮的鹽槽是絕對有利可圖的。並不是沒有人提醒他們，只是他們的生長環境不可能讓他們相信，這已經持續了數百年的社會模式竟然會在短短五年內翻新。然而現代性的威力正是如此，它不但帶來時間，它還讓時間加速了。正是因為相信過去的做法還行得通，所以孟昭有吞下鐵漿，但這種壯烈犧牲換來的卻是孟家迅速的敗落，因為從此鹽包經過鐵路，可以直接長途轉運，無須經過小鎮了。作家在這裡一方面批判了他們的愚昧，卻也不無哀憫的意思；他們怎麼會知道事情真的會變化得那麼快呢？我們站在後見之明的立場，覺得一切道理都很簡單，但設身處地去想，如果我們換到了一樣的位置上，我們也不可能預先想通其中關節的。

世界進步的同時，也被偷偷換過了。帶來了更多的驚嚇，和原先所沒有的危險，這個世界開始變得陌生了。

因此，文前所引的段落，不但令人感到孟昭有蠻勇的悲壯，也讓人讀出作家所欲傳達的悲涼之感。當孟昭有還以為敵人是眼前的沈長發的時候，完全不知道更巨大的、以西方為首的「火車」（現代）怪獸將會如何摧毀他的信念與生活。小說家透過文字的安排，疊合了兩道尖銳的聲音：「**人似乎聽見孟昭有一聲尖叫，幾乎像耳鳴一樣的貼在耳膜上，許久許久不散。……可那是火車汽笛在長鳴，響亮的，長長的一聲。**」孟昭有在死前的最後一刻，想必也聽見這聲汽笛吧？但悲劇的基本性質就是，觀眾明知一切正在崩壞，卻唯有舞台上的主角一無所知，繼續朝著沒有希望的地方邁步。就算聽見了，孟昭有也來不及、不可能理解這一聲的意義。

這一聲汽笛是作家試圖傳達給角色的急切警告；也是傳達給我們的。只是，在未來必將持續逼近的每一個「進步」時刻，我們來得及聽見汽笛聲嗎？

※關於朱西甯（一九二七—一九九八）：曾任《新文藝》月刊主編、黎明文化公司總編輯，並曾在中國文化大學中文系文藝組兼任教職。代表作為《鐵漿》、《八二三注》、

《破曉時分》及《華太平家傳》等。曾獲中國文藝獎章小說獎、中國時報開卷中文創作類十大好書、聯合報讀書人文學類最佳書獎、金鼎獎等。

學校不敢教的小說（14）

如果受苦的人不能悲觀——呂赫若〈牛車〉

雖然是這般無知的楊添丁，但也感到了近年來，自己一天一天地被推下了貧窮的坑裡。慢吞吞地打著黃牛的屁股，拖著由父親留下來的牛車，在危險的狹小的保甲道上走著的時代，那時候口袋裡總是不缺錢的。……當保甲道變成了六間寬的道路，交通便利了的時候，卻弄成這個樣子……為了生活，他不得不頑強地和某種視而不見的壓迫搏戰下去，這使他們心焦不已。

——呂赫若〈牛車〉（一九三五）

我厭惡學校裡面學過的絕大多數格言，特別是那種引進作文裡面會得高分的。高中時認識一位隔壁校的才女，小說跟詩都寫得極好，最讓我敬佩的是她竟同時也能把作文寫到讓全年級國文老師嘖嘖傳觀的地步。我永遠記得她文中引用了一句馬奎斯的格言，我從沒聽過，問她出處，她淡淡答：「編的。他們不會承認自己沒讀過馬奎斯。」那股帥勁，簡直在瞬間迸射出小說家專有的虛構膽識之光。經過這麼一回，我才意識到，其實那些格言的句式都非常簡單，隨時都可以依式量產；而它們之所以看起來像是真理，多半因為它們什麼論證都沒有，所以一時無從反駁。後來接受了一些批判思考訓練，更加確定它們只是一句句堅定的廢話，只是大多數人不曾認真考究。

其中一句堅定的廢話是這樣的：「受苦的人沒有悲觀的權利。」沒有前因、沒有後果、沒有論證，也沒有非如此不可的理由；它的狡猾之處在於它隱藏起來的一句反話：唯有樂觀進取，你才能不再受苦。那是說，你的樂觀進取一定能帶來好的結果。然而真的是這樣嗎？

呂赫若一九三五年的小說〈牛車〉無疑提供了一個比較貼近真實世界的版本。故事的主角楊添丁從事著清代就開始拖著牛車幫人運輸貨物的家族事業，在遭遇日治時代新的運輸技術與環境之後完全被擊垮了，小說一開場就透過瑟縮在一旁的孩子，敘述楊添丁夫妻因貧窮而每日無休止的爭吵。在小說發展的過程裡，他們幾次嘗試「進取」——多方探詢工作機會、接下別人不願意接的夜工、到沒有汽車競爭的鄉村找僱主、試著轉業為自耕農，一直到妻子出賣肉體、丈夫轉而行竊……但他們的努力從未發生任何作用。如前文所引，他們的困惑是，這個世界有一些部分顯然變得越來越好，出現了平整的道路、便捷的汽車、更進步的機器，連米價都是前所未有的便宜，但是，在這麼好的時代，他們怎麼反倒連三餐的米都吃不起了？現代讀者很難想像我們已經習以為常的現代化建設除了帶來進步的享受外，也曾為某些人帶來無法擺脫的痛苦。人類文明的進程不是像電腦遊戲的「升級」一樣，按一個鈕，三十秒後就全面進化。現代化是不平均進行的，它的好處會先在有資源的人們身上發生（在這裡，就是有錢買得起汽車的人），而它的苦果則先由缺乏資源的人承擔（那些再也無法靠牛車賺錢、也轉不了業的人）。楊添丁一家就是那種被迫承擔的，受苦的人們。因此楊添丁「**不得不頑強地和某種視而不見的壓迫搏戰下去**」，這篇小說是從日文翻譯成中文的，語感和一般中文有些差異，在這裡，「**視而不見**」的意思不是「裝作沒有看到」，而是「彷彿看到但又看不清楚是什麼」的意思。楊添丁不是被自己的懶惰擊敗，而是被一種抽象的「改朝換代」擊敗——用文學批評的行話說，就是「殖民現代性」的入侵，取代了傳統的農業社會——而當然沒有任何人事先通知過他。他要等到發現自己的人生再無希望的時候才會猝然驚覺。

因此，這篇小說一點也樂觀進取不起來，他們是一群受苦的悲觀的人。這對夫妻從第一頁吵架到最後一頁，妻子歇斯底里地指控丈夫不顧家，丈夫對於莫名其妙的蕭條感到滿腔鬱憤而分說不清，兩個角色表面上是對立的，追根究柢卻有著同樣的惶惑與憤怒：到底還能怎麼辦？出路在哪裡？為什麼這個世界要這樣對待我？讀者的情緒就隨之一路被壓得很低。小說裡面唯一能讓讀者（和角色）舒口氣的場景，是楊添丁接了一個夜間送貨的工作，一群牛車伕在無人的夜晚終於能把牛車駛上平坦的汽車專用道，還搬了大石頭把刻著「不准牛車通過」的路碑給砸了。牛車伕們歡呼、唱歌，因為「**這時候是我們的世界**」。在天亮以前，這個世界不會有警察和汽車，也暫時不用想起那不斷迫來的生活困境。然而砸倒了路碑又如何呢？天總會亮，這樣的愉悅背後是更深沉的無力感。

然而，起碼呂赫若筆下的角色至少一生中砸過一次路碑了。小說家跟胡謅出「受苦的人沒有悲觀的權利」這句格言的人最大的差別是，他實在不忍再剝奪這個一無所有的受苦的人了，縱使他非常清楚，面對兜頭罩下來的沉重力量，不管是悲觀或愉悅都沒有任何作用。呂赫若幾次在小說裡提到楊添丁「無知識」，無法認清壓迫之來源所在；但他想必也清楚，即使是有知識的人如他，所能提供的也不過就是一座等待被砸倒的路碑，以及一點小小的盼望：如果每個讀者都感受到了楊添丁的悲觀與作者的不忍，那也許還有機會改變些什麼……這樣曲折的盼望有時會假裝得十分樂觀，有時卻抵不過看見了社會結構壓迫巨力的小說家之眼。

眾多的格言的虔信者並不想看到路碑，那簡單的句子容不下這麼沉重的現實象徵。順著那句話，他們期望（要求）受苦者樂觀進取，為了自己的命運而奮鬥，好讓他們能夠撇清自己對他人苦厄之責任，心安理得地像〈牛車〉裡面事不關己的保正伯那樣昧於事實地說：「**只要認真，總不會吃苦的。**」（當然，這也是格言。）於是，受苦的處境就變成受苦者必須扛起的倫理責任，因為這句話反過來講就是：你會受苦就代表你不認真。楊添丁們的委屈又輕易地就被重重格言夾殺了。

而這便是文學作品必須以虛構對抗格言的理由——因為世界真的沒有這麼簡單，因為無知的善意很可能比什麼都殘忍。因為，唯有複雜的虛構，才能讓我們穿透堅定的廢話，聽見楊添丁們真正的處境和聲音……

※關於呂赫若（一九一四—一九五一）：畢業於台中師範。一九三五年發表第一篇日文小說〈牛車〉，而成為文壇矚目對象，另外在戲劇、音樂與文學各方面，才情橫溢，被譽為「台灣第一才子」。曾出版日本短篇小說集《清秋》。

學校不敢教的小說（15）

聽不見的二十世紀——王禎和〈嫁妝一牛車〉

彷彿不過很久底以後，村上底人開始交口流傳這則笑話啦！說王哥柳哥映畫裡便看不到這般好笑透頂底。姓簡底衣販子和阿好凹凸上了啦！就有人遠視著他們倆在塋地附近，在人家養豬底地方底後邊，很不大好看起來。下雨時，滿天底水，滿地底泥濘，據說他們倆照舊泥裡倒，泥裡起得很精湛哩！有句俗話說，鬥氣的不顧命，貪愛的不顧病。

——王禎和〈嫁妝一牛車〉（一九六七）

讀者醒來之後，牛車還在這裡。

上一篇我們談到呂赫若寫於一九三五年的〈牛車〉，主角是一個逐漸被現代交通體系淘汰掉的牛車伕。於是，當我再讀到一九六七年王禎和的〈嫁妝一牛車〉時，腦袋裡的第一個問號就是：隔了三十多年了，牛車怎麼還在？不是被淘汰了嗎？第二個問號是：我的天，這篇小說到底要用什麼語言來念？如果你試著讀出聲音，一千字以內就會明白，它簡直是朗讀比賽選手的惡夢。

這兩個看似毫不相關的問題，其實共同指向一個龐大的現象：那就是，台灣在整個二十世紀，被一波波不同的力量入侵，強制性、速率不平均地「現代化」的過程。如果說二十世紀上半葉的呂赫若藉著牛車，樸素地表達了那些跟不上現代化腳步的人說不清楚的痛苦，那二十世紀下半葉王禎和版本的牛車，則是更深刻地寫出了「現代化」這個看似進步亮眼的詞彙所帶來的深層精神傷害。〈嫁妝一牛車〉的主角萬發是個八分耳聾的半老男人，靠幫人拉車得到微薄的收入。整個故事的主線，就從一名姓簡的衣販搬到他隔壁，並且與他的妻子私通開始。萬發時而感到屈辱，時而卻又容忍姓簡的，因為生意做得興旺的簡常常資助他們金錢，也因為他幾乎不管用的聽力使得他只能茫然旁觀妻子和簡的談話。王禎和扣住「耳聾」這個線索，敘述萬發和外界的資訊難以同步，始終被排拒在人群之外，甚至連妻兒都不是自己人的狀態。整篇小說裡面，少數他自己聽清楚的話語，都是些嘲笑污辱他的話。情節的整體走向，可以從萬發與簡兩人距離關係的微妙改變看出來：先是萬發沒興趣拜訪簡，到互有往來，到萬發不願意前往簡家，以至於簡不必到萬發家卻能掌握他的經濟命脈，到最後簡登堂入室實質占有了整個家。

這不只是一個屈辱的男人的故事而已。如果我們用文學研究常用的思考方式，保留故事中的角色關係不變，然後把裡面的元素代換成一些抽象的概念，就會發現很有趣的東西。故事裡的關係模型是這樣的：萬發對簡的經濟依賴是屈辱的原因，他的尊嚴是一點點被買掉的（不是「賣掉」而是「被買掉」——因為他從來沒有選擇賣或不賣的能力）。其次，萬發聽不見，因而他也沒有表達意見的能力，一來沒人會聽，二來他根本搞不清楚狀況，沒辦法說出任何能改變局勢的話。實驗開始：如果我們把萬發代換成台灣，把簡代換成美國與日本……如果你還覺得這只是些巧合，我未免過度詮釋的話，我還可以多提供一些實在太巧了的線索：當時的台灣人在戒嚴狀態中，幾乎接觸不到外界資訊，可以說是一個耳聾的國家；某些知識分子批評當時的政府是

「買辦」，意思是少數官員為了分一杯羹，不惜出賣國家的利益給美日兩國，就像妻子不斷居中斡旋，威脅利誘萬發接受屈辱一樣；而當時利用美援和日本投資建立起來的初級工業，雖然造成了經濟上的成長，卻使得台灣必須在政策、外交、文化等所有方面，一起被綁定為美國的附庸，就像萬發被每個月兩百塊和一台牛車給綁定，成為簡姓衣販（又是個商人！）的附庸——而在簡這樣的成功商人面前，牛車就成為了台灣相對於美國「落後」的象徵。

然而，王禎和的高明之處遠不止於此，他除了把呂赫若沒能徹底處理的「失去說話的權利／能力」延伸成為「耳聾」之外，更用他特殊的文字風格來呼應這種艱難處境。語言在此既象徵了小說人物的挫敗，也象徵了集體的歷史命運。文前所引的段落便是非常經典的例子，他的小說總是把台語（最後一句俗話）、早期白話文（「底」的用法）、日文（「映畫」）混在現代白話文裡，再加上他獨到的語言創意（既象形、又有動作感的「凹凸」），形成一種顛簸拗口的混合文體。在別篇小說裡，他連英文都能融進來玩弄。這種特殊的文體，變成一種諸多外來文化不斷入侵擠壓本地人的「證據」，因為在文化交會的過程中，只有弱勢方的語言會不斷被迫摻入強勢方的元素，而整個二十世紀的台灣幾乎就是這樣一團巨大的語言麵糊，每一種語言都對應了一段被入侵的故事。萬發般的台灣不但聽不見，而且也說不出自己的話，因為純粹的「自己的話」已經被乘著現代化颶風的外來文化給摧毀了。

但讀出這些東西的王禎和的讀者，也並不是沒有可堪告慰的事情。正是在王禎和試著去書寫這種大雜燴的，所有語言都攪成一團的「沒有自己的話」的過程當中，一種獨步華文世界的，只有台灣的歷史背景才能產生的新語言風格誕生了，而這種別說是模仿，連朗讀都很困難的王禎和式語言，創造了極為罕見的藝術高度（如果我們同意小說是種語言的藝術的話）。一般人提到語言的實驗性總會提到我們稍後將談的王文興，但我覺得他只是敢折敢拗而已，若論折拗出來的效果如何，王禎和顯然還是高上一籌。殖民者和入侵者來來去去，他們造成的傷害或許難以回復，但一代代的文學寫作者還在繼續寫，繼續以此抵抗那強迫人們耳聾失語的情境。這樣一來，人們醒來之後，起碼還有聽得見的語言在那裡。

※關於王禎和（一九四〇—一九九〇）：畢業於台大外文系。主要作品為《玫瑰玫瑰

我愛你》、《兩地相思》、《美人圖》、《嫁妝一牛車》等。其中，一九六七年發表的《嫁妝一牛車》成為華文當代文學的代表作之一。《嫁妝一牛車》與《玫瑰玫瑰我愛你》先後被改編成電影。

【四、逆著人群走】

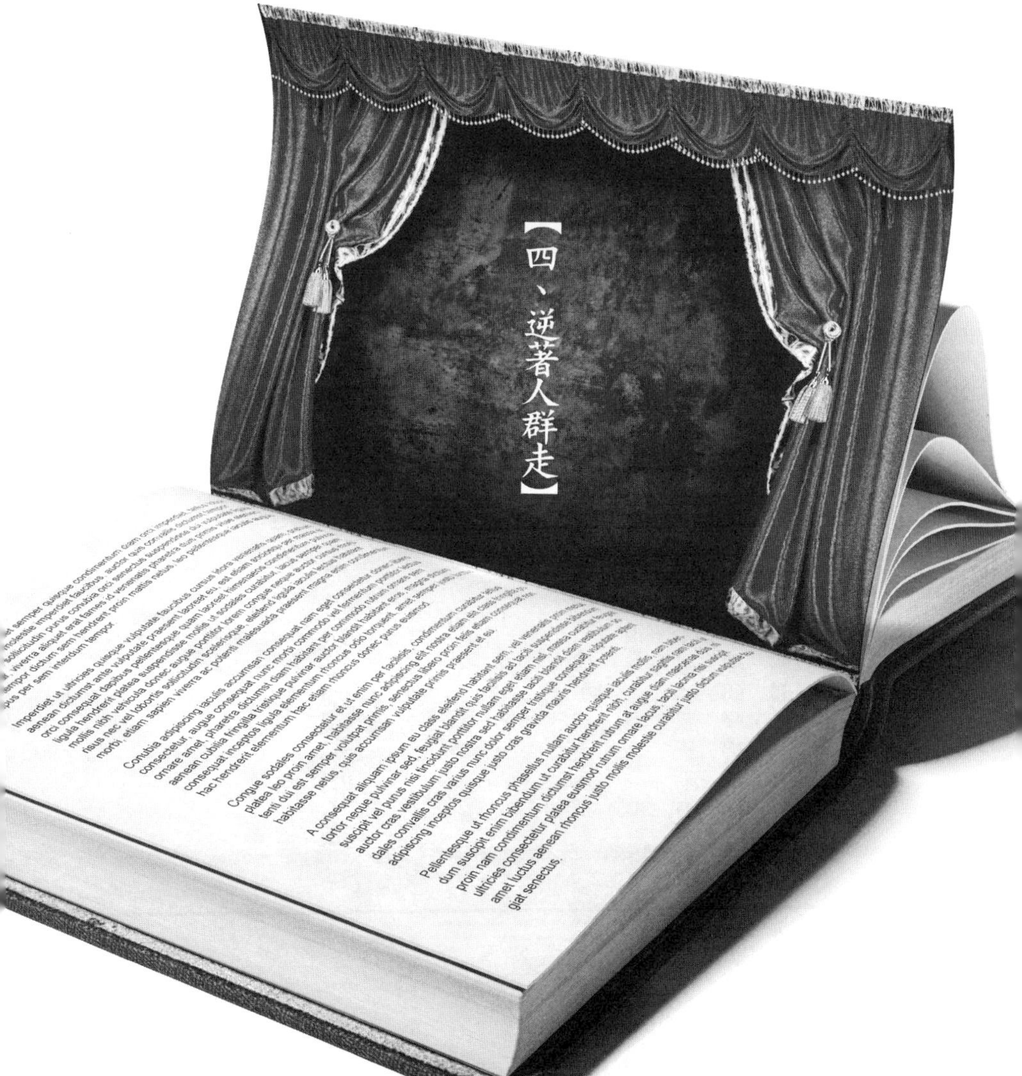

學校不敢教的小說（16）

針尖上可以有幾種道德？——七等生〈我愛黑眼珠〉

他內心這樣自語著：我但願你已經死了：被水沖走或被人們踐踏死去，不要在這個時候像這樣出現，晴子。現在，你出現在彼岸，我在這裡，中間橫著一條不能跨越的鴻溝。我承認或緘默我們所持的境遇依然不變，反而我呼應你，我勢必拋開我現在的責任。我在我的信念之下，只佇立著等待環境的變遷，要是像那些悲觀而靜靜像石頭坐立的人們一樣，或嘲笑時事，喜悅整個世界都處在危難中，像那些無情的樂觀主義者一樣，我就喪失了我的存在。他的耳朵繼續聽到對面晴子的呼喚，他卻俯著他的頭顱注視他懷中的女人。

——七等生〈我愛黑眼珠〉（一九七六）

在西方中世紀的神學討論裡，曾經有一個很有趣的命題，爭論：「一根針的針尖上可以站幾個天使？」在我看來，七等生的〈我愛黑眼珠〉也許在討論的就是：「一根針尖上可以有幾種道德？」這種問法的有趣之處在「針尖」這個意象。它比狹窄更狹窄，雖然存在但又小到不能容納任何一物，但我們偏偏不只要它容納，還要問它「可以有幾種」。而正是在「容量有限」的狀況之下，每一種可能性之間似乎必然互相排擠，有你無我——而且，在如此尖銳的情況，這樣的排擠立刻就要有個了斷。

乍看之下，〈我愛黑眼珠〉裡互相排擠的是男主角李龍第對兩個女人的愛。李龍第在故事裡面救了一個素不相識的妓女，與養活自己的妻子晴子隔著大水相望，但他裝作完全不認識晴子，無論她怎麼哀求或憤怒都不理會，全心全意照顧懷裡的陌生女子。最後，陌生女子吻了他，而晴子完全崩潰跳入急流之中。

這樣的情節，不要說課本不願意教，連當時的文壇都受不了。這篇小說發表於一九七六年，引起了文壇激烈的論戰。許多人讀了這篇小說之後非常不舒服，因為李龍第一面宣稱自己還愛著妻子，一面卻用最殘忍的方式傷害了她。這是真正的不合「情」「理」，因此引起的道德爭議更大。我們之前談過翁鬧〈天亮前的戀愛故事〉，那樣蔑視道德的旺盛性慾或許不合「理」，但對一般人來說還算是「發乎情」。但七等生連這種「情」都要挑戰，那幾乎是在挑戰人與人之間相處、相信的最後底線。試想，如果連最親密的妻子都能輕易地因一個陌生女子而被棄絕（他最後甚至沒有愛上這個女子！這讓人更難忍受），那還有什麼是可以相信的？

然而，七等生思考這個問題的方向恰恰是反過來的，這種常人所不能及的思考角度，正是他為什麼會被譽為台灣最有哲思深度的小說家的原因。當讀者們很自然地為晴子感受到背叛的心痛時，七等生卻透過小說反問我們：為什麼一定要把晴子的順位放在妓女的前面呢？小說家精心打造一個夫妻相隔的末世場景，在這種情形下，我們才能理解文前所引段落的一句話：「**我呼應你，我勢必拋開我現在的責任。**」李龍第若是呼應了晴子，便不能像故事中的那樣照顧那名妓女了。因為這等於他重新回到了人世綱常的束縛裡，成為一個丈夫，於是他就只能在有限的情況之下關懷那名妓女──也就是說，也許可以拯救她的生命，但不能愛她。七等生透過李龍第提出了質疑：對一個在整個城市裡毫無親友、得不到任何關懷與愛意的人付出僅有的愛，難道是不道德的嗎？或者，為了一種社會關係（夫妻）的牽制而拒絕去愛一個全世界最需要愛的人，難道就是道德的嗎？

傷害晴子與袖手旁觀，哪一種比較殘忍？

特別需要注意的是，〈我愛黑眼珠〉其實是一篇寓言式的小說。所以它的整個情節應該視為一種象徵，一場作者與讀者共同思考「如果是你，你會怎麼做？」的思想實驗。重點不在妻子和妓女該如何選擇，而是更抽象的兩難選擇——比如說，服從普世道德還是遵循自己的良知直覺？當然，這只是其中一種解釋，畢竟這篇小說提供的是一種像是數學公式一樣的框架，在這個框架裡面可以塞入各種各樣的道德兩難命題，就看讀者往哪個方向想。

但我特別想要提醒的是，長久以來，喜歡七等生小說的讀者常常會以「悖德是文學必須的自由」來為他辯護。我當然同意那句話。目前為止，我們對每一篇小說的討論也都在強調這個概念。但是，我覺得如果因為李龍第背叛晴子就用「悖德的自由」來保護這篇小說，恐怕是誤解了七等生——他何嘗真的悖德了？我反而認為，他是一個有著罕見深刻的宗教情懷的小說家。小說建構的大洪水場景、拯救被眾人遺棄的妓女，以及屋頂上眾人評說指點的畫面，全都讓人聯想到宗教典故。而「拋棄晴子」這件事也未必只是背叛，可以讀成一種拋家棄子的「犧牲」（拋家棄子，不正是許多宗教得道者經過的歷程嗎？當然，這樣的犧牲從來都是傷人的），決絕地為了對自己的道德觀念負責。從另一層次來說，作為作家的七等生不會完全不知道這樣的小說將引起什麼樣的道德焦慮，但最終他仍然寫下了它，直指了常人道德觀念中可能潛有的殘忍，這樣的無畏難道不是某種道德勇氣嗎？

第一次聽說「針尖上可以站幾個天使」這個論題時，我訕笑地以為只是中世紀神學家走火入魔的迷信遐想而已。然而，在讀過越來越多的小說之後，我慢慢理解到，有一些人的心靈就是特別敏銳，能夠如針尖一般探進我們習焉不察的事物，懷疑那些不曾有人懷疑的道理。而他們對思考是如此地謹慎，使得他們不輕易地下結論，僅僅以小說提出一個個「這樣也對（錯）、那樣也對（錯），那我們要怎麼辦？」的複雜問題。在他們的筆下，再狹窄的針尖，也絕不該只能有一位道德天使。

※關於七等生（一九三九—）：台北師範院校畢業。曾出版《我愛黑眼珠》、《沙河悲歌》等。曾獲國家文藝獎、台灣文學獎、中國時報文學推薦獎和吳三連文藝獎等。《沙河悲歌》、《結婚》曾改拍同名電影。

學校不敢教的小說（17）

是「我」在說話嗎？——王文興《家變》

他想他或者應該現下即從家裡離去，離了這所家——他走得遠遠遠遠的，讓他們找他。讓他們後悔鞭打了他，搞得他如今走勒。他將怎麼樣也不回家，他將從一處流浪到另處，而以後也許他將在一家什麼遠處都市裡頭底辦公機關裏擔任一個小當差。不保定他生起病了！他一人睡在小房間中，沒有人照護顧看他。他也不通知他們！也許他遂死掉勒！他直到死都和他們沒有任何的關係。他感到悲傷的某種滿足與快樂。

——王文興《家變》（一九七三）

如果把台灣文學史上經典小說一字排開，各抽出六百字送去參加作文比賽，成績最差的會是誰？

我敢保證，上篇我們談的七等生只能拿到倒數第二名而已。自從一九七三年後，台灣——不，應該說地球上所有中文寫成的文學——就再也沒有比王文興的《家變》更能激怒國文老師的小說了。夏宇有一句詩說：「容納各種文字的惡習。」就非常適合拿來當作《家變》的封面文案。這本僅僅靠文字就驚嚇了當時文壇的小說，至今仍被當作台灣小說前衛的、實驗的、現代主義的重要里程碑。而且奇怪的是，它的重要性，全然就是因為它的作文成績絕對差到無人能及。

作為一本小說，我們幾乎可以在它身上貼滿負面的評語：它的故事是西方文學經典老梗的大集合（孩子在成長的過程中漸漸對父母——特別是父親——幻滅，最終在象徵意義上「弒父娶母」）；它的文字簡直就是故意跟通順的中文作對，要不就是用聱牙難讀的生硬句法組成句子，要不就是毫無意義地把詞語扭曲（它的愛好者常常舉例說某些扭曲會讓對白或場景更生動寫實，但他們無法否認另外一些例子根本不寫實到極點——因為地球上從未出現過這種中文）。想當然耳，沒有課本會願意收錄這篇小說的任何一段，因為再怎麼幫它辯護都很難找到積極的教育意義。但同時，從它問世到現在，《家變》卻又總是名列在大學的書單、最有品味的讀者和最有深度的寫作者的必讀名單上面。為什麼會有這麼兩極的落差？

因為，它可以教會我們許多「寫得好」的作品不見得能教我們的事。

它教會我們的第一件事情當然是：小說不是只有故事、情節、角色這些「內容」，它還有「形式」，比如說特殊的文字風格。而當「內容」與「形式」完全配合起來的時候，就能發揮出比故事的表面更強的力量。於是當《家變》用一種全然背叛了傳統法則的文字，寫出一個老父親不堪虐待出走的「家變」故事，就更讓我們感覺到年輕一輩對傳統全面的失望與叛離。它不但要說一個違反傳統的故事，它連說故事的方法都要與傳統對著幹。

其次，將這本小說放回當時的時空環境來看，這種對傳統的叛離也另有意義。一九四五年後，國民政府統治下的台灣文學環境是一個怪異的時代。這一代年輕作家面對的文學世界，要不就是和現代經驗沒什麼關係的古典文學，要不就是早就八股化的「反共」、「懷鄉」。而真正有切身關係的當代作品卻全部讀不到：因為政府一方面無知地把所有日治時期的作家當作殖民遺毒，而壓抑台灣本土作家的創作；一方面又因為怕被中國的左翼文學影響，而斬斷了外省作家跟中國一九三〇年代作家的關係。因此，《家變》破破爛爛的中文成為一種象徵，因為在他們眼中，傳統確實沒有什麼好繼承的，而且面對強勢入侵的西方文化，根本就沒有足夠的文化資源可以相抗衡，乾脆就將之吸納。它的文字反而貼切地隱喻了那個世代中國文學／台灣文學對「如何表達這個世界」的無能為力——我們沒有辦法好好講話，因為好好講話就無法精確地表達這被侵襲得七零八落的世界……

而即使跳過這些歷史解釋不看，回到文學作品本身，這種在文字上刻意求「工」（？）的「努力」也並非傳統文學讀者所認為的那麼沒有意義。「破壞語言規則」本身就是一種對自由的追求。我們常常以為，語言只是工具，我們利用語言來說我們自己要說的話。但是，我們的書寫和語言其實都受制於語言規則（想像一下，如果有某些事物只能用不合文法的語言來描繪呢？），也受制於美學（一種關於「怎麼寫才美」的規則），凡是與這些規則牴觸的東西我們就寫不出來了。所以，與其說是「我在說話」，不如說是「話在說我」。而王文興的《家變》至少是一位作家勇敢地抵抗語言規則的痕跡。它不要呼應世俗的「好」，而只想寫出內心的「真」，它改動每一個句子，甚至每一個字，只為了確定這個句子真的是「我在說話」，表達了「我」的經驗的獨特性。這種嘗試多少是孤獨、悲傷的，但在這之中又有一種幼兒探索到新世界、報復了束縛著他的父母的小小滿足，因為他終於可以對傳統和語言成規說「**他直到死都和他們沒有任何的關係**」了。

好吧，或許不到「**沒有任何的關係**」的地步。因為畢竟還是有不少讀者能夠讀懂它的語言，所以顯然它與舊的語言規則仍然藕斷絲連。然而，我想起我第一次讀《家變》的時候，那薄薄不到三百頁、我原以為可以一兩天讀完的書，活活折騰了我一個禮拜。看完之後我覺得筋疲力竭，不能理解為什麼有人要寫這麼一本讓作者也讓讀者顛簸疲憊的小說。然而，在越來越明瞭這個世界強加於每個人身上，那像語言一樣無可逃避的規則之後，我開始理解，對某些認真活著的人來說，自由是比什麼都更重要的事。他們終其一生去寫、去對抗、去思索，甚至放棄那些他們可以輕易獲得的「好」——毫無疑問地，依照王文興在改造語言時的創意，如果他願意，他絕對可以輕易地把文字寫得像任何已知的作家一樣好。但是，那就是別人在說話了。他曾經說過，他一天只能寫三十幾個字。有一位評論家問了一個我覺得精準無比的問題：時間都花到哪裡去了？

那麼緩慢、那麼艱辛、那麼扭曲地，對世界說：是「我」在說話。

※關於王文興（一九三九—）：畢業於台大外文系、愛荷華大學藝術碩士。為《現代文學》雜誌創辦人之一，曾任教台大外文系四十年，擔任小說課程，提倡精讀。出版《家變》、《十五篇小說》、《背海的人》等。曾獲國家文藝獎。

【五、最後一次吶喊】

學校不敢教的小說（18）

死的理由——陳映真〈山路〉

原以為這一生再也無法活著見您回來，我說服自己：到國坤大哥家去，付出我能付出的一切生命的、精神的和筋肉的力量，為了那勇於為勤勞者的幸福打碎自己的人，而打碎我自己。……每一次心力交瘁的時候，我就想著和國坤大哥同時赴死的人，和像您一樣，被流放到據說是一個寸草不生的離島，去承受永遠沒有終期的苦刑的人們。每次，當我在洗浴時看見自己曾經像花朵一般年輕的身體，在日以繼夜的重勞動中枯萎下去，我就想起早已腐爛成一堆枯骨的、仆倒在馬場町的國坤大哥，和在長期監禁中，為世人完全遺忘的、兀自一寸寸枯老下去的您們的體魄，而心甘如飴。

——陳映真〈山路〉（一九八三）

在我高中的時候，一位學妹告訴我一個故事：她有一陣子嗜讀小說，連續幾週都到圖書館借書。有一天，圖書館館員阿姨在她拿著書到櫃檯去的時候，憂慮地對她說：「你如果有什麼困難的話，我們可以幫忙聯絡輔導室喔！」她當場愣住。過了幾秒，她才想起最近所借的書，剛好是太宰治《人間失格》、三島由紀夫《金閣寺》等寫到了自殺情節、作者最後也確實自殺了的小說，隨即忍不住笑了出來。

我聽到這裡也笑了，因為這是一種常見的、對「文藝青年的憂鬱」的態度。但是，阿姨的擔心是值得感謝的，她用自己所能理解的方式表達了對學生的關心，並且展現了起碼的文學常識——我想有不少圖書館員，就算再多借一本邱妙津《蒙馬特遺書》也看不出其中關聯吧。但是，她的擔心反映了學校教育對「死亡」這件事情的態度。或者更精確地說，對「自殺」這個議題的態度。我們的課本極少談論死亡，若談到則必是「留取丹心照汗青」這樣崇高遙遠的死，而對人失去生存意志的狀態缺乏認真的討論，好像這種情況以前不曾、以後也不會存在一樣。這是很可惜的；因為課本不談不代表這種情形不會發生，這會讓我們少了很多機會去思考，什麼樣的社會會讓人寧可違反生物本能、放棄生命？

陳映真〈山路〉所寫的死亡，已是台灣文學史上無可超越的經典。故事一開始，女主角蔡千惠就生了一種原因不明的怪病，人不斷地虛弱委頓下去，最終藥石罔效。很多讀者常常被小說洋溢著東洋風格的詩意文字和錯綜複雜的人際關係迷惑，而沒有注意到這是一個關於自殺的故事。是的，蔡千惠是自殺的。她自殺的方式不是會登上社會新聞的那些上吊、投水或自裁，而是從靈魂起關閉了所有求生意志。她不曾抵抗家人的餵食和醫生的投藥，但她僅僅憑著自己的意念就成功召喚了死神。

蔡千惠之死留給讀者的是非常巨大的疑惑和震撼。疑惑是不知這樣的求死之心所為何來，震撼是這樣的意志竟然如此堅定強韌。有非常多研究者從不同的角度分析蔡千惠自死的理由，但我最認同的一種解釋是「負疚感」。

什麼樣的負疚感能如此摧折人心？這就要分成小說內、小說外兩個層次來說了。小說最後，我們終於透過蔡千惠的一封信（遺書？）窺見她的內心轉折。蔡千惠年輕時結識了左翼青年黃貞柏與李國坤等一群人，她是前者的未婚妻、但私下愛慕著後者。後來由於千惠家人的告密，這些青年全被逮捕，李國坤遭判死刑、黃貞柏終身監禁，這一切正是她罪疚的起點。為了贖罪，她假冒李國坤的妻子進入李家，在數十年間刻苦勞動將這個赤貧之家帶入小康。故事開始的時候，蔡千惠年事已高，忽然看見未婚夫黃貞柏被釋放的消息，另外一層罪疚感又疊加了上來：她在婚約上背叛了黃貞柏。最後，她還顧現在優渥的家境，更驚覺這幾十年裡面她全然忘卻了當年的左翼理想，毫無所覺地淪陷於資本主義的社會中，甚至助長了這種社會。這三重疊加在一起的罪疚感環環相扣，形成一個無解的情形。她最初為了贖罪的獻身李家，就註定了對不起黃貞柏；而她使李家擺脫赤貧的努力，就註定要被捲入他們所反對的資本主義社會。但如果她不進入家境比黃家更加艱困的李家，坐視他們家破人亡，不但無法為告密事件贖罪，更是罪加一條。

這就是「疚」這個字的樣子：一個關於疾病的部首，和一段漫長的時間。等到這個字寫成，一切都沒有辦法挽回了。

陳映真寫出了一種生命的荒謬性質，在他的小說裡，最崇高的犧牲不但無法讓世界變得更好，連獨善其身地成就一種個人的道德高度都不可能。換言之，就算她「**打碎我自己**」，那樣的罪與負疚就像所有存在之物都無法甩脫的影子，沒有解消的可能性。蔡千惠的死，是被這種絕望給擠逼出來的唯一合理結果——這種「合理」

自然「不合理」之至。而當這種全然無解的小說，竟然寫自一位長年投身於左翼運動、顯然對此有堅定信念的小說家手中，我們更可看出小說之外的悲劇性。小說成於一九八三年，這時候的陳映真已經「硬朗地戰鬥過了」，也坐過政治黑牢，但世界並沒有因為他的努力而越來越好；事情正好相反——更強硬的言論管制、更消費與逸樂化的世界、更壯大因而幾乎沒有消滅希望的資本家及其剝削……。這一年，他還沒有老到蔡千惠的年紀，但他已經看見蔡千惠所看見的絕望處境了。

於是，陳映真寫下了〈山路〉。我有時會不理智地這樣想像，蔡千惠也許是代替我們的小說家在小說裡面先死了一次，這才使得我們能夠暗自慶幸，他沒有因為這強烈的負疚感而加入了圖書館員阿姨會擔心的自殺作家名單。而附加的代價是，在〈山路〉之後，陳映真的小說雖然依舊是「寫實主義」的路線，我卻覺得後來那些小說所告訴我們關於生命的實相，遠遠不如蔡千惠這個角色的一場死亡所告訴我們的。它們成了評論家口中「教條化」的作品；也就是說，它們變得比較符合作者對世界的主觀想像，而不是實際上無解絕望的情形。

我必須承認，那些小說大部分都寫得不夠好。但是……也許這樣比較好。對於一個已經看見過絕望的形狀的人來說，這樣就好了。如果遁入主觀當中能夠讓負疚的心靈得到休息，我想沒有一個讀者忍心再要求他繼續凝望、思索這個頹敗不止的世界的。

這條彎彎曲曲的山路，他已經試著走過一次，夠了。

※關於陳映真（一九三七—）：畢業於淡江外文系。一九五九年起開始寫作，先後發表數十篇小說，於二〇〇一年由洪範出版社集結為六冊《陳映真小說集》。二〇〇四年，雲門舞集將陳映真小說〈將軍族〉、〈兀自照耀著的太陽〉、〈哦！蘇珊娜〉等篇章改編為舞劇《陳映真・風景》。曾獲花蹤世界華文文學獎、吳濁流文學獎。

學校不敢教的小說（19）

理解的間隙——施明正〈渴死者〉

每天吃過飯，我們……都會不約而同地一個接一個在柵欄內，一圈又一圈地打轉。……這種打轉，在看守所裡，被公認是維持生命所需的重大條件：運動。可是，半坐半蹲在牆角裡邊的他，卻像一隻受驚過度的飛禽走獸，動也不動。我們只好在他身邊打轉。就像開始打轉一樣，收轉也是不約而同地，一個跟著一個逐漸離隊，由點連成圓的圈圈崩潰了。人們在半個小時左右的溜腿中，重複了延續卑賤生命的重要課題。

——施明正〈渴死者〉（一九八〇）

有一種小說家非常奇特，他的作品從各種標準來看，都有著難以彌補的重大缺陷，然而這樣的缺陷不但沒有使得他的小說失敗，卻意外地成為它卓然獨立在小說史上的特色。施明正就是這樣的小說家。他早期的小說，多少還嚴守著現代小說的布局原則，文字也尚稱穩定而節制，但他一生中最令人難忘的小說卻是那些全然不顧忌這些美學技巧的中晚期作品。在這些作品中，自戀自大的作者本人直接地介入小說，大發與情節無關的議論，炫耀作者的俊帥與才情，並以一種完全失去平衡、不知從何朗讀起的凹凸長句來說話。文學美感的有趣之處正在這裡：當一些本來是缺點的東西，被毫不猶豫地表現到極端之後，竟爾產生了一種執著純粹之美。

他的〈渴死者〉正是這樣的作品。這篇小說在他喋喋不休（是的，這也是他寫成優點的缺點——在接下來的敘述裡，請習慣這樣的評論方式）的諸作當中，算是非常短小的作品。它同上一篇我們談到的陳映真的〈山路〉一樣，都是書寫「自殺」這個主題的名篇，兩部作品正好可以互相對照。相較之下，〈山路〉抒情而綿長，〈渴死者〉怪誕而粗礪，正因這種風格上的落差，後者反而寫進了生命最冷澈的荒謬情境裡去了。「渴死者」這個標題本身就在要求我們脫離語言直覺去理解，不是「乾渴致死的人」，而是「渴望死去的人」。因此，推動這篇小說的懸疑感「為什麼他渴望死亡？」和〈山路〉裡千惠的動機是類似的，但最大的差別就在於，最終我們知道千惠為何拒絕再活，然而渴死者卻把答案連同生命一起了斷了。

小說的敘事者是施明正本人，他回憶起在白色恐怖時期橫遭冤獄時認識的一位牢友。至少在故事裡面，這位渴死者（敘事者並不知道他的名字）就自殺了三次：第一次是以頭撞鐵柵欄，第二次是吞下幾十個饅頭後猛灌水。第三次他終於成功了，那是一種——這麼說吧，一種需要極端意志力的死法。他「**脫掉沒褲帶的藍色囚褲，用褲管套在脖子上，結在常人肚臍那麼高的鐵門中，如蹲如坐，雙腿伸直，屁股離地幾吋，執著而堅毅地把自己吊死。**」請想像一下那個畫面，就知道這樣的死是多麼的不容易。於是問題又回來了：他是誰？為什麼他這麼不想活？敘事者告訴我們：他是一個軍人，曾經寫詩，因為在台北車站呼喊反動口號被逮捕。這就是他全部的罪狀了，即使放在那樣嚴厲的時代也只是條關上幾年的輕罪，斷不致了無生意。所以，為什麼？

施明正的答案是：我不知道。在文學裡面，常有文字表面上說「我不知道」，但作者已經暗示意向的作品。但〈渴死者〉不是這樣的，它真的不知道，任何評論家無論從什麼角度去看都難以索解。這個人從出現的第一行字開始就全是謎團：他的名字和經歷是什麼？為什麼身為（不自由的）軍人而寫詩（最自由的創造活動）？為什麼他會突然呼那些口號？為什麼他入獄之後從來不抗辯？為什麼他要死？但終小說全篇，這些問題沒一個得到解答的。施明正作為敘事者去旁觀、去寫這場自殺，或許本來就不是要告訴我們關於生死的動機，事情正好相反：他要告訴我們的，就是我們「不可能知道」渴死者的心理這件事。簡言之，這是一個關於完全不可能「理解」彼此的故事。我們可以回頭看一下本文最前面的引文，表面來看它當然是另一個小謎團（為什麼他不運動？），可是如果把它當成一種象徵性的畫面來讀，意義可能就完全不一樣了。這裡呈現的畫面是，每一個努力活下來的囚犯在渴死者旁邊打圈，他在圈外，不願也不能進入圈內。一種隱隱然的界線把兩種人分隔開來了，他們彼此是不可能相互理解的。

於是我想到二〇一一年非常重要的一部紀錄片《牽阮的手》，在那裡面，屢屢奔走救援政治犯、脾氣剛硬的老醫師含著淚說：「很對不起，因為我努力不夠，所以還沒被抓去關，很多為台灣獨立打拚的人，喪失生命，賠了他們的青春，我對這些先輩，很誠懇的道歉，我也準備要去坐牢或是喪失生命。」施明正最終是活著出獄了，但那（些）位牢友顯然沒有。他是不是也抱著類似的歉疚而活著？我們沒有機會能問到作家本人了。在那場冤獄過後，這一個自戀自大的小說家的每一篇作品，都在毫無忌憚地自誇之後，用情節狠狠羞辱、嘲笑那個代表了他自己的角色，把他寫成一個為了苟且偷生不擇手段的懦夫。而這個懦夫，在寫出〈渴死者〉七年之後絕食而死。

這一次，書寫沒能成功幫助作家逃開死亡。

我常猜想，在他絕食使得身體日漸乾枯而剝離於人世的那段期間，他是否曾經想起過〈渴死者〉裡面一個小小的場景。那位渴死者因為聽說敘事者也寫詩，曾在監獄中找他攀談，但害怕再惹嫌疑的敘事者拒絕了他。——這正是這篇小說對渴死者幾乎一無所知的最大原因。在那種國家機器以死相逼，人與人的信任基本上全部瓦解（更遑論理解）的情形之下，敘事者這麼做其實無可非議。但是，那樣偷生下來的人，在往後的日子裡，也許將無法避免地反覆詰問自己：如果當初……。但沒有如果了，那樣的瞬間稍縱即逝。因此，即使不解其意，還是要全部寫下來。那是致敬也是懺悔，更是對自己曾經靠著失去人最基本的人性而活下來，最冷澈的否定與嘲笑。

這樣一種小說家非常奇特——我們不能理解其各種缺陷何以能成為美，正如我們從未能真正理解他所經歷的、銘印心底的那些事。但他的小說幫我們記住了無能跨越的理解的間隙，它或許無法實質上拯救什麼，但對於讀者如我們來說，它既可以是祈禱也可以是警告：這樣傷蝕人性的理解困境，永遠、永遠都不應該再出現了。

※關於施明正（一九三五—一九八八）：因「亞細亞聯盟」案被關，在獄中開始寫作。一九八一年以小說〈渴死者〉獲吳濁流文學獎佳作，一九八三年以小說〈喝尿者〉獲吳濁流文學獎正獎。一九八八年絕食去世。著作為《島上愛與死》、《施明正小說精選集》、《魔鬼的自畫像》、《施明正詩畫集》。

學校不敢教的小說（20）

含著碎石的心——邱妙津《蒙馬特遺書》

我日日夜夜止不住地悲傷，不是為了世間的錯誤，不是為了身體的殘敗病痛，而是為了心靈的脆弱性及它所承受的傷害，我悲傷它承受了那麼多的傷害，我疼惜自己能給予別人，給予世界那麼多，卻沒辦法使自己活得好過一點。世界總是沒有錯的，錯的是心靈的脆弱性，我們不能免除於世界的傷害，於是我們就要長期生著靈魂的病。

——邱妙津《蒙馬特遺書》（一九九六／二〇〇六）

想像一顆心臟，含著一小塊銳利的碎石。每一次心臟跳動，每一次肌體收縮，都在別人看不見之處劃出傷口，撕裂復撕裂，咬牙復咬牙。想像這顆心臟比常人更加強悍，它每一次搏動都是加倍劇烈、認真的，也因而帶來比常人更甚的痛楚。

對我而言，這就是邱妙津的《蒙馬特遺書》所寫出來的感覺，讀完之後，那顆碎石就轉而鑲在我們的心底了。

就跟每一個十六、七歲初讀邱妙津的人一樣，在接下來的好幾年內，我們或許會讀到很多寫得更優美、更精巧、更大器……或簡而言之，寫得更好的作品。但幾乎沒有任何一本書能取代《蒙馬特遺書》的地位，就算是邱妙津自己成就更耀眼的長篇小說《鱷魚手記》都沒有辦法。在每一個情感傷痛的時刻，我們抄寫它的句子：「**我已獻身給一個人，但世界並不接受這件事，這件事之於世界根本微不足道，甚至是被嘲笑的……**」許諾的時候，我們也抄：「**找到一個人，然後對他絕對。**」最寂寞的一刻，心底冒起的句子是：「**之於你，我真的還不夠美嗎？你的生命沒有我來跟你說話真的不會有點寂寞嗎？**」很奇怪的是，從進入學校到我們第一次翻開它之前，我們在教室裡讀過的書也不在少數了，卻沒有一本書能像它一樣在生命低點的時候貼隨著我們。

一九九六年初版的《蒙馬特遺書》由一系列書信組成，內容是女同志Zoë在女友絮離開她之後寫的信，少部分是寫給另一密友詠的。在這些書信裡，Zoë以質樸到接近粗礪的筆法，檢證兩人的情感關係、思考自己的生命與藝術本質。嚴格說起來，這並不像一本小說，某些段落的文字甚至趨近於哲學思辨。然而或許正是這種「不像小說」的特質，使得整本書充滿了直接面對傷痛的撞擊力道。直白的作品往往流於膚淺，深刻的作品難以避免晦澀，但直白且深刻地去面對自己的心，就鑲進其他作品沒辦法抵達的位置。到了二〇〇六年的新版，補上了初版僅有標題而無內容的第十五書和第十九書，這兩章卻都是以此前未見的，從絮的觀點寫給Zoë的。雖然在腔調上明顯有所區隔，較為甜膩且幼兒化，但Zoë一向就將絮描述為一個不夠成熟到足以擔當愛情的人。所以，從那幾章裡面絮的自我認知與Zoë對絮的描述幾無落差來看，我仍傾向把它們當作是邱妙津自己從不同角色的觀點模擬而成，而不是真實書信的收錄。既有模擬，那這些章節確實有小說手法無疑了；既有若干章節呈現出小說手法，整本小說也就不應當作完全紀實的書寫了。

這種「真實與虛構」的討論看似多餘，但對於被它深深撼動的讀者如我而言，卻是非常重要的分別；它實在痛得太真切，所有小說研究者對虛構事物的戒心與敏銳度，都會被襲擊到無法運作的程度。

在這本書裡，幾乎與邱妙津本人經歷貼合的敍事者面對絮的離去，陷入了情感的混亂、自毀之中。這一系列書信，可以讀作Zoë挽救情感、挽救自己生命的最後一系列嘗試，也可以如標題一般，直接讀作走向無可挽回之境的遺書。它是一批充滿矛盾的書信，時而堅定許諾時而脆弱毀傷，所有看似理性的文字都包藏著強大的情感風暴。用世俗的標準來看，我們甚至可以從Zoë在感情上的專斷、蠻橫、獨占與暴力裡，理解絮的叛離之必然；同時我們卻又知道這是Zoë人格特質上的必然。她很難是一個好情人，因為她生命的幅度是我們不能也不敢去容納的，但在文學的世界裡，她卻成為一種難以磨滅的，愛情的絕對典型。很少人將邱妙津與施明正相提並論，但我覺得台灣文學史上，這兩位作家是唯一與彼此相像的類型。他們受傷得喘不過氣的心靈，使他們用粗獷的文字取代了精工細雕；他們極端自覺因而自傲，然而穿越自傲的表象，我們卻又會看見低落到足以取消自己的自卑。

《蒙馬特遺書》的最後一封信的日期是一九九五年六月十七日，最後一段引用了安哲羅普洛斯《鸛鳥踟躕》：

我們同樣沒有名字。
必須去借一個，有時候。
您供給我一個地方可以眺望。
將我遺忘在海邊吧。
我祝福您幸福健康。

然後，在一九九五年六月二十五日，邱妙津如同卷首預言（「**即將死去的我自己**」）那樣在巴黎自殺，震動了台灣的文壇，直到二十年後的現在仍未完全靜止下來。一代一代年輕而被壓抑的靈魂，像是生來註定要遇見她一樣翻開了《蒙馬特遺書》，在那裡看見了被學校以及社會壓制住的某部分自己的投影，並且從此在心口上揣了一顆銳利的碎石。從此他們會知道傷痛是怎麼一回事，也會知道不要看輕傷痛的可能性，不要看輕任何一個身邊的人的情感。課本沒有教這些，因為大人們擔心，覺得自己的孩子們「不夠成熟」。只有如同祕密結社般讀過同樣的小說的人們知道，那是真正未曾成熟的大人所無法想像的；課本上自以為是保護的一切隱瞞，正好就是造成傷害、造成欺瞞的根源。

直視傷口或許會感覺到痛，但是痛正是心臟還在搏動的證據。

※關於邱妙津（一九六九—一九九五）：畢業於台大心理系。一九九二年前往法國，留學巴黎第八大學心理系臨床組，一九九五年在巴黎自殺身亡，得年僅二十六歲。著有《鬼的狂歡》、《寂寞的群眾》、《鱷魚手記》、《蒙馬特遺書》等。曾獲聯合文學中篇小說新人獎、時報文學獎推薦獎等。

【六、說吧，虛假的歷史】

學校不敢教的小說(21)

為了那些好聽的字——劉大任〈杜鵑啼血〉

細姨忽然用力抽回她的手……從她那盆仍然盛放的映山紅盆栽上面,掐下一朵含丹欲流的杜鵑花,又轉身塞進我手裡,然後,用她聾子般的怪異腔調叫起來:

「快吃,快吃,趁熱,快吃掉,快吃掉!」我不記得我那時候是怎麼反應的。我記得最清楚的卻是,徐大夫忽然一反常態,採取了斷然措施,命令男護士立刻送細姨回房。為此,我曾向徐大夫提出嚴重抗議。然而,徐大夫說:

「冷峯同志剛來的時候,就成天叫著這幾句莫名其妙的話。好不容易有了些進展,相信您也不願見到她又退回那個地步吧?」

——劉大任〈杜鵑啼血〉(一九八四)

我曾經在一個高中的文學營隊上小說相關的課程，安排了一個活動讓學員演戲。現場分成好幾個小組排戲，我則穿梭在各組之間觀察學員的情形。突然之間，有一個男生拉住我，問我：「等一下我們上台的時候，可以講髒話嗎？」我沒有預料到會有這個問題，有些措手不及，疑惑地多看了他們兩秒，他馬上很緊張地說：「沒有，如果不能講，那也沒有關係。」

「不不，」我急忙搖手：「當然可以。」

往後幾天，我不時想起這件事。文學作品裡面可不可以罵髒話呢？當然可以。在文學寫作裡，唯一正確的信條就是你的文字有沒有藝術效果。如果小說中的角色是個該罵髒話的人，他就要髒得恰如其分。最典雅、最精緻的文字，不見得是最好的文字——「雅不可耐」甚至比「俗不可耐」更糟，因為至少後者比較貼近人的真實。但是我們學校中的文學課程，總是刻意忽視日常生活中那些「不好聽的字」；換句話說，課本希望你以為，這個世界上只有「好聽的字」才能夠被正當地說出來。但是，它們不會告訴你，「不好聽的字」有時候表達的其實是善意（例如對朋友說：「幹，你快去睡覺啦。」），「好聽的字」有的時候是為了掩飾惡意而說出口的。

劉大任的〈杜鵑啼血〉可以帶給我們一些這方面的啟示。小說的敘述者是一位早年跟隨國民政府遷來台的第二代外省人，他成年之後在美國的大學教書，無意間發現了沒有從中國大陸逃出來的細姨冷峯出現在一份殘缺的文化大革命批鬥檔案裡面，得知年老的她已經在文革當中發瘋。小說一開始他便動用各種關係回到中國大陸探訪細姨，來迎接他的是療養院的院長。由於這位院長圓滑閃避問題的本事以及檔案的殘缺，敘事者始終沒有辦法明白，在一九六八年的批鬥到底發生了什麼事，竟然讓一向頑強的細姨完全精神崩潰了。在他與療養院長（這個代表了規定、制度以及國家力量的職位）初次見面時，院長似乎就知道他想要探詢這段過去，開口便說：「**……組織上面，有許多情況要考慮。總之，有這麼一條，這是主要的，一切以有利於冷峯同志的身體健康為依歸吧。**」這裡提到了「組織」和「健康」兩個因素，前者指的當然是官方有言論控制，所以很多事情不能說；但事實上，所有的禁忌都是假後者的名義來施行的。往後，每當敘事者探問到逼近事情真相的時候，院長便會以再談下去便會破壞細姨的健康為由終止話題。敘事者不得其法，只能試著多和細姨本人相處，希望從中找到她精神崩潰的原因。在小說將近結尾的地方，細姨終於開口說了前文所引的那段話：「**快吃，快吃，趁熱，快吃掉，快吃掉！**」然後，一向只是消極作為的院長竟然不讓她把話說下去，下令帶走她。

從小說的脈絡來看，我們很明顯可以感覺到，院長和療養院裡面的所有人其實都知道細姨的病因，只是基於某種原因必須保密。而且，那句莫名所以的「**趁熱，快吃掉**」應該就是核心關鍵。這整篇小說都瀰漫在一種明明就將要逼近真相了，卻有一股力量迫得那真相深深埋藏起來的淡淡挫敗裡。而敘事者的束手無策，正是因為有太多「好聽的字」擋在前面了。包括院長在內的每一個人，都是如此地彬彬有禮、富教養且對他細姨的遭遇表露了同情心。他們如此關懷細姨的「健康」，使得敘事者甚至沒有辦法怪罪他們；而細姨卻弔詭地因為這樣的「健康」失去了說話能力——院長提過，細姨剛到的時候就反覆說那句話，並且有暴力傾向，後來在「集體的幫助下」情況「好轉」，從此就不說話了。更令人不安的是，敘事者和我們都不知道所謂「集體的幫助」到底是什麼——在最極端的猜想裡面，細姨的「好轉」可能根本才是真正被逼瘋了，連本來還能說的一點話都說不出來了。誰知道呢？在歷史上，「瘋」的定義就是不合常規，它是千夫所指而未必是本身出了什麼錯。

直到小說的最後，敘事者已經離開了中國大陸，才意外在其他地方的檔案中找到了事情的原委。那份檔案指出，細姨早幾年指控一名革命同志強迫她在批鬥中吃下了她愛人的心臟，但細姨爾後反被指控這是誣陷。也就是說，細姨可能是被迫的，也可能不是，但最後她就是瘋了，只記得那句看似毫無意義、實際上十分令人悚然的一句話。這一「真相」反而帶來了另一個兩難問題——敘事者應該相信哪一個指控才對？情節揭露之時，熟悉現代華文小說的人一定會想到現代小說的開山之作，魯迅的〈狂人日記〉。它談的就是「吃人」的歷史被掩埋在禮教之中。而到了二十世紀末葉，這個「吃人」的主題又重新在〈杜鵑啼血〉裡面被寫出來了，而且這一次不是妄想症，也不是象徵意義上的「吃」而已了。吃人已成事實，無論是否被迫都不能算是完全無辜。而比起狂人語調的癲狂騷亂，細姨的外甥始終都能控制好自己的情緒，平靜地應對那些好聽的字，但也就讓一切註定不可能揭露的無力感更深了。

那些讓細姨的故事從此無解的好聽的字：健康，禮貌，溫文有禮，當然不罵一句髒話。這一切聽起來沒什麼不好，只是當整個世界只剩下這些東西的時候，就意味著有些真相永遠地被遮掩起來了。人是應該這樣子理解世界的嗎？我不知道。但我常常會想到在小說開頭，失去了說話能力的細姨努力地養著的一盆杜鵑。這是她唯一在乎的東西了，任何人都不准去碰它。敘事者看到的時候，描述那是一種花瓣通體純白，但花蕊尖端微微露出一汪殷紅的，叫做「映山紅」的杜鵑。他說，「**這成千上百朵晶瑩白潤的杜鵑花，簡直就像是個個含著一口又濃又腥的鮮血……**」

為了那些好聽的字，即使是那麼濃腥的血，也只能被迫隱含著嗎？

※關於劉大任（一九三九—）：台大哲學系畢業，一九六六年赴美就讀加州大學柏克萊分校政治研究所。因投入保釣運動，放棄博士學位。現專事寫作。著作包括小說《浮游群落》、《劉大任袖珍小說選》等；運動文學《果嶺春秋》、《強悍而美麗》；園林寫作《園林內外》；散文及評論《憂樂》、《晚晴》等。

學校不敢教的小說（22）

真實止步之處——張大春〈將軍碑〉

將軍……氣壞了，不敢想像自己的兒子竟然要念「社會學系」。在他看來，社會學就等於社會主義，社會主義就等於左派，左派就是共產黨。「你不能打仗，那是你的造化。你要念文學校，也隨你的便。」將軍越說越快，聲調也越高：「可是要念共產黨的玩意兒，沒門兒——給我立正站好！」維揚低下頭，臉頰和下巴頦上的青筋抽搐著。將軍來回踱方步，踹翻了一個茶几，嚇得將軍夫人在一旁打抖，連茶碗的碎片也不敢拾。將軍一逕噴著唾沫道：「你要讀書，不讀讀歷史啊？你老子打共產黨打了一輩子——」「那是您的歷史，爸！」維揚沉聲打了個岔：「而且都過去了。」

——張大春〈將軍碑〉（一九八六）

所有人——包括我自己——小時候，第一次意識到自己在聽一個故事時（不管那是電影、連續劇還是小說），一定都問過一個問題：「這個故事是真的嗎？」這個我們長大之後很少再提起的「笨問題」，其實觸及了像張大春〈將軍碑〉這樣的小說的核心。當我們問：「是不是真的？」我們可能在意的是兩個層次的事情：這件事情真正在某時某地發生過嗎？如果它不見得真正發生過，那它在人情事理上，是不是真的可能這樣發生？

通常當我們說某篇小說讀起來很「真實」，我們指的是符合後者，而不見得符合前者。但在某些情況之下，比如我們之前提到的李喬〈哭聲〉和陳千武〈獵女犯〉，它們不但符合「可能發生」的標準，還很貼近「真正發生」了，這就讓某些信仰寫實主義的評論者更加讚賞。如同我們之前討論到的，它們都有一點「搶救記憶」的企圖，寫實主義評論者認為它們所搶救的記憶使其變得更珍貴。

顯然，〈將軍碑〉的作者張大春不會這樣認為。這篇小說的中心意念只要用一句話就可以說出來了：所有的記憶都不可能是真的，故沒有一種記憶比另一種更珍貴。故事巧妙地敘述一位老將軍臨老失智，在想像中不斷「回到」自己一生戎馬的記憶現場。小說開頭的第一句話是「**除了季節交會的那幾天之外，將軍已經無視於時間的存在了。**」在張大春的筆法下，每一句看起來像是修辭的話，都可以是小說裡面真正發生的事，所以他說「**無視於時間的存在**」不只是形容詞而已，在故事裡面將軍真的會不斷穿梭過去、現在、未來。小說的主線是老將軍數度去到未來，看到他死後人們為他立碑、寫回憶錄，但這些人卻都沒有好好理解他的一生。於是他在每一個別人的敘述與他的記憶矛盾的場合裡，利用他無視時間的能力「帶」對方「回到」歷史現場。然而，不但每個人都沒有跟隨將軍的神遊一起回去，就連將軍對自己的記憶也常常有疏漏或自相矛盾。

將軍的記憶缺陷是個嚴重的問題：他是最貼近那些戰場、最貼近「歷史現場」的當事者，如果連他都不能精確地「回到」那個現場，其他二手記載更不用說，那一切歷史敘述還有可能真實嗎？〈將軍碑〉裡的每個橋段都在呈現記憶被扭曲、真實被塗改的原因：或因時間流逝，記憶消退；或因心不在焉，根本沒有注意到某些細節；或因情感因素，人不願意面對自己的錯誤；或因現實的利害而美化過去的經歷。張大春的寫作技巧在台灣小說家當中數一數二，他流利的場景切換能力，讓這篇討論記憶、穿梭時間的小說表現出非常強大的時間流動感（如果你有興趣，可以記錄這篇一萬字左右的小說切換場景的次數——它複雜到頗宜於拿來做這種閱讀訓練——其密度高得驚人），而這樣的時空切換術把形式與小說的意念深刻結合了起來，使〈將軍碑〉躋身華文小說的經典——它不但在故事內容告訴你「記憶都是虛假的」，它還用小說本身的敘述形式，示範人們如何透過操縱時間與敘事方式來操縱自己的記憶呈現出來的樣子。

在這篇小說裡面沒有一個誠實的人。這不是道德缺陷，而是人類的必然。張大春藉由這些角色告訴我們：絕對不要相信任何貌似權威、誠懇或嚴謹的敘事者，不管那個敘事者是歷史課本、官方說法還是新聞媒體。因為身為小說家，他最知道如何將沒有真正發生過的事情，寫得好像非常有可能發生。更重要的是，當每一個敘事者都有自己的私心，每一份看似誠實的文件就都跟小說差不多虛假了，它們在意的都是「自己的歷史」，如同文前我們所引的將軍父子的對話。

然而如果我們稍微抽離一點——張大春另外一件擅長的事，就是「抽離」於角色的感情之外，指出他們的自相矛盾和謬誤——從小說外部的脈絡來看，我們可以對照一下張大春與李喬、陳千武的差異。後兩人書寫台灣人經歷過的太平洋戰爭，所有小說都力求「存真」；而前者書寫八年抗戰，卻不斷強調這段大歷史中的諸種矛盾。為什麼會這樣？雖然作家（以及部分的讀者）不會喜歡我接下來的判斷，但我仍覺得，這兩組作家最大的差異在於他們的省籍，以及他們持有的戰爭記憶在最近五十年受到的對待。對於本省籍作家如李喬和陳千武，他們的歷史完全受到忽視，因此搶救記憶乃是當務之急。而對外省籍作家張大春來說，他所關心的歷史不斷被課本和媒體反覆敘述，這讓他沒有搶救記憶的壓力，而有餘裕做更進一步的批判和思索。兩相對比，我們可以看到一種因為不平等待遇而導致的時差。因此，這個我在初學小說時最崇拜的小說家之敢於質疑一切、敢於指出一切記憶均為假的霸氣，其實弔詭地建立在一種現實歷史所賦予的可能性上——因為沒有記憶湮滅之危機的人，才有餘力去計較話語的K金純度；只有自我的歷史記憶安全無虞的人，才有精神力量戳破他人的歷史敘述。高中的我，非常心醉神迷於這樣的小說，覺得他寫入了一種我前所未見的自由之地。

在那裡，一切都可以被挑戰，甚至包括自己。然而，那樣的真實止步之地，如今卻讓我覺得有些困惑。如果一切堅固的東西都必煙消雲散，那我們所有關於生命與人的信念，是否也將一起崩散呢？我喜歡自由，但我認為自由是為了保護一些只屬於自己的，不可動搖之記憶（以及隨之而來的信念），而不是無止境的自相爆破。因此，我們不能接受一切都是虛假的，一定還有什麼真實的憑藉存在於某處。

畢竟，「一切都是虛假的。」這句話本身就是自相矛盾的。

※關於張大春（一九五七—）：輔仁大學中國文學碩士。曾任教輔大、文化等大學，亦曾製作主持電視讀書節目，現任電台主持人。曾獲聯合報小說獎、時報文學獎、吳三連文藝獎等。著有《大唐李白——少年遊》、《認得幾個字》、《聆聽父親》、《大說謊家》、《歡喜賊》、《少年大頭春的生活週記》、《沒人寫信給上校》、《尋人啟事》、《小說稗類》等。

學校不敢教的小說（23）

懷疑論的厚度——黃凡〈賴索〉

也許他真的睡著了，那個飽經憂患、被糟蹋了的頭顱，正垂靠在塑膠軟皮的沙發上，在西餐廳柔和、曖昧、虛假的燈光下，彷彿生氣全無。……這就是真正的賴索，內在力量消失殆盡的賴索，身為榮耀、進步、合作、天之驕子、人類一分子，醒著、睡著、悲傷、快樂（他笑起來，像個羞怯的小女孩），深受七情六慾所苦的賴索。……老天！他真的在這裡坐了一個下午，整整一個下午，卻什麼事情都沒有做，只是坐在這裡，他就要跟韓先生會面了，這個歷史性的一刻，卻什麼都沒準備好。

——黃凡〈賴索〉（一九七九）

想像一下：把你一生中所有的記憶，都定格為一張張投影片。接著有雙手把你的一生整疊拿起，用華麗的手法洗了牌，使它們時序前後不齊。最後，手握拳向投影片捶下去，把一整疊老年童年、成年少年都捶成互相印嵌的薄薄一張，那些本來互不相干的人生階段全泥在一起，如果你拿它去投影，只能在布幕上顯出一幅雜亂、失控而沒有任何意義的圖像。

黃凡就是這樣去寫〈賴索〉的。上篇我們提到張大春流利的場景切換能力，黃凡此技巧與張大春難分上下。他在四萬字左右的篇幅中敘述賴索童年的日治時代、戰後初期的蕭條失業、意外涉入革命團體，最終莫名其妙坐了多年的牢、終致繳了白卷的一生，他的書寫技巧將這卑微而徒勞的人生串接得令人目不暇給。這篇發表於一九七九年的小說，顯示了台灣自一九六〇年代現代主義以來，短篇小說書寫技法已達至的精緻極點。在那之後的短篇小說作品，都沒有發展出劃時代的新寫法。故事開始時，賴索因為當年革命團體的領袖韓先生對政府投降，結束海外流亡回到台灣，而希望向韓先生討個說法：他因為韓先生坐了這麼久的牢，希望至少能聽到一句抱歉。小說書寫與韓先生會面前的一整天，他不斷回想自己生命裡的每一個階段（這就是為什麼黃凡的切換技巧很重要的原因，這點與〈將軍碑〉異曲同工），他的一生就像一張被捶扁的投影片雜亂地投影在小說裡。他始終不明白，這一生怎麼就這樣過去了？他到底是為誰而戰，又是為了誰去坐牢？

賴索是台灣小說史上嶄新的人物類型，在他之前，有各式各樣經歷過革命和理想的挫敗，最終抑鬱以終的角色，比如我們談過的王詩琅的〈沒落〉。然而賴索從一開始就不是那種理想分子，他只是懵懂地聽命行事。他沒有除了好好領薪水以外的夢想，更沒有為革命獻身的熱情。等到被捕了，他才彷彿明白這是怎麼回事，想要至少裝作自己是有激昂理想的，但他的表現讓他更顯卑微：「他在軍事審判官面前……慷慨激昂、念念有辭，乃至聲淚俱下。結果並不理想，因為他只是個無關緊要的小人物。」黃凡諷刺的筆力之深，由此可見——賴索試著模仿歷史上的「烈士」，但他甚至沒有成為烈士拚著一死的資格。小說家沒有寫出他到底對軍事審判官說了什麼，不過我們可以想像，那大概聽起來一點也不悲壯、不激動人心；原因很簡單，他根本不知道自己所屬的團體在做什麼。相較於王詩琅筆下被磨光了銳氣的前革命分子，賴索完全是最普通的一般人。他意外地被歷史捲入，未曾對任何一方面發揮作用，又迅速地被歷史拋棄。

〈賴索〉的諷刺性是非常殘酷的，它蘊含的意念是：你不知道你這一生為什麼會經歷這些事，你不知道這一切的意義為何，是因為你生來就是一個小人物，而無法與在事物背後恣意做決定的大人物比肩齊步。他不是在嘲笑賴索的無知（雖然表面上看起來很像），而是在描述那樣的無知是如何地難以避免。而因為這樣的無知與缺乏意義，人的生命最終變得既卑微又雜亂。當他回首他的一生，他甚至無法說出自己真的完成了什麼出於自身意志的事；用文學批評的行話來說，就是「缺乏自我認同的基礎」。所以在小說的結尾，他終於想辦法擠到被記者簇擁的韓先生身旁，向他自我介紹，韓先生冷冷地表示不認識他（不見得是真的不認識；韓先生是回國「投誠」的，怎麼可能公開與前革命下屬敘舊？）揚長而去時，被這樣的冷漠嚴重傷害的賴索呆立原地，只說得出一句話：「『**我是賴索，我是賴索，**』**他結結巴巴地說，**『**我只想說，說，好，好久不見了。**』」他說了兩次自己的名字，但卻沒有人在場聽到，象徵著不被承認的自我意志；他「**只**」想說且沒有人要聽的「**好久不見**」，意味著他用長長的一生去親歷的歷史記憶，就這樣輕易地給人扔到一旁了。

因此，不只是當權者不可信，連反抗當權者的革命者都會在緊要關頭背叛你，而且你對這樣的背叛一點辦法也沒有。賴索的生命投影片所映出的影像是非常讓人難受的；〈賴索〉和〈將軍碑〉這兩篇小說正因為其背後瀰漫的「一切均不可信、所有崇高理念都不存在」的意念而被歸類為所謂的「後現代」小說。然而，它蘊藏著一個危險的結論——在小說的結尾，賴索「懂」了，他決定不再相信任何人。如果我們也同意了賴索，那也就是同意了人與人之間的理解、幫助和進步是不可能的，我們也就同意了不必對現狀的任何不公義做出抵抗（因為，焉知此時的抵抗者不會成為下一個韓先生？）。

重讀多次，我仍然認為〈賴索〉是台灣短篇小說的少有精品，但我不能同意這樣的結論。因為黃凡是一位極端聰明的小說家，但他也是徹底的懷疑論者，以至於他的小說旨在指出人生本質中最徒勞的部分，而無法相信任何人事。在他的筆下，我們每一個人的生命都是那樣輕薄的一張投影片。他的小說宜於提醒我們保持對一切論述的戒心，卻不應該因為這樣的戒心全盤否定理想的可能性。因為我們畢竟都不是那樣的聰明，我們也並不是獨自活成一張薄片而已；我們忍不住要去和身旁的他人活在一起，家人、朋友、不相識但曾讓我們感受到人性之良善的每個人。我們或許都已被捶得薄薄的，但只要疊加起來，就還有機會形成一個豐厚的時代。小說家從不告訴賴索一切事物背後的意義，只讓他在歷史的洪流裡面團團轉，我們可以從中讀出反面的啟示——我們要反其道而行。我們可以去理解、去談論、去散布各種知識和信念，讓彼此知道，我們是為了機會（而不是徒勞）的可能性而活著的。

※關於黃凡（一九五〇—）：畢業於中原理工學院（今中原大學）。一九七九年以短篇小說〈賴索〉獲第二屆《中國時報》文學獎而成名。在一九八〇年代陸續出版了十五部小說。《慈悲的滋味》曾改編成電影。曾獲金鼎獎。

學校不敢教的小說（24）

「回不去」的證據——黃錦樹〈魚骸〉

不止一次他被那些小同鄉質問：「為什麼不回去？為什麼不為更需要你的地方多貢獻一點心力？」他的反應都是一樣的低調，沉思良久，沙沙地回答：「回不去了。還回得去嗎？」不管對方再說什麼，他都一逕搖頭，最多再加上一句：「龜雖產於南洋，龜版卻治於中原。殺龜得版，哪還能還原？」

——黃錦樹〈魚骸〉（一九九五）

「……我回不去了。」這句對白因為偶像劇《犀利人妻》而成為流行語。它確實是一句很不錯的對白。它看似直白簡單，但其實已經過一重轉喻，將情感上的時往事移說成空間上的舊地難回。它的簡潔也是它的力道所在；它只說「我」回不去，連理由都沒有附上，強烈地凸顯說話者的決心，參照女主角之前的深情，更撼動人心。但且慢——如果你喜歡閱讀現代小說，一定馬上就要抗議：這句話不是《犀利人妻》劇本的創意，其實早在一九四八年，華文小說史上最天才早慧的女作家張愛玲早就寫在《半生緣》裡面了。而且雖然背景不大一樣，這句對白承載的情緒轉折可是很類似的。

文學寫作有一個看似矛盾的祕訣：說得越少的，往往越能以少言多，指涉豐富的意義。於是這句俐落深沉的「我回不去了」，其實不只引起《犀利人妻》編劇的致敬而已，連我們之前談的那位八成沒讀過張愛玲的周金波也把類似的句子寫在〈鄉愁〉的最後一句。我們無法確定黃錦樹在一九九五年寫〈魚骸〉的時候是否曾經想到《半生緣》，不過這一個「回不去」確實轉出了與張愛玲全然不同的意義。黃錦樹出生於馬來西亞——這個國家有將近四分之一的人口是過去一百年陸續從中國移民過去的華人。在文學史上，馬來西亞華裔的中文作家及作品就被簡稱為「馬華文學」。在這位馬華文學重要代表作家的筆下，「回不去」既是情感的移位也是地理上的移動，而且兩者是互為因果的。他的先祖從中國移居馬來西亞，他自己又從馬來西亞到台灣就學、工作，每一代人的移居都有對舊地的牽絆與對新地的疏離，卻又身不由主。

〈魚骸〉的敘事者是一名馬來西亞華人，來台念中文系，並且成為研究甲骨文的教授。幼年時，他的哥哥因為捲入左翼運動而被追緝，所有人都以為哥哥失蹤了，只有他祕密地在沼澤深處找到骸骨，並且收藏了一小塊作為紀念。哥哥所參加的馬華左翼運動是受到一九四九年中華人民共和國的感召（課本不會教的是：這個我們以往稱之為「共匪」的國家之建立，曾經鼓舞了全世界關心弱勢階級的左翼運動者——直到它可怕的人權狀況廣為人知為止），因此敘事者也從小被培養起強烈的中國情懷——這也是為什麼他會跑來台灣（因為當時的中國是去不了的），還研究「甲骨文」這個中國文化最古老的課題。

如果〈魚骸〉只是這樣把故事寫下來，就不會名列中文寫成的短篇小說當中的頂尖精品了。〈魚骸〉的精采之處，在於它以「龜」的意象為中心，在短小的篇幅裡寫盡了馬華文學最深切的議題：他們對中國文化的依戀、身處異族之地的疏離感、移民到台灣之後發現此地不是他們想像中的「中國」的失落，以及因為擔心回馬找不到工作而留台的歉疚與無奈……小說的標題〈魚骸〉，最直接的指涉就是小說裡到處出現的「龜甲」，一種「水中生物的骸骨」。敘事者研究的是龜甲上的東西，而我們都知道，這在遠古中國是一種占卜工具。（哪種人需要占卜？我們常說前途「未卜」……）評論家王德威指出，「龜」音同「歸」，〈魚骸〉恰巧就是一個「不歸」的故事；「歸」又和「鬼」有古文字上的關係，在文學裡面，「鬼」常常被拿來比喻一種縈繞不去的執著意念。（怨念不散即鬼）況且，敘事者的哥哥真的成了鬼，而他對哥哥的懷念和對（逝去的）古中國的遙想，不正像是一再在記憶裡面「招魂」？再進一步，甲骨文中有部分的龜甲，被考證為是來自南洋的龜種，並不產於中國本土。這樣看來，文前所引段落的最後一句：「**龜雖產於南洋，龜版卻治於中原。殺龜得版，哪還能還原？**」就是非常高明的感嘆了——產於南洋治於中原的龜版，不就暗喻著敘事者自己的身世？龜死成版，就像走了這麼一遭的敘事者一樣，再也回不去了。但同時，印象中屬於最純正古老的中國的文物龜版，其來源竟然是遙遠的南洋，引用這條知識的黃錦樹必然也有所隱喻；「馬華文學」從來沒有被視為「中原正統」的文學（無論是中國還是台灣的正統），多少被當作是邊緣的、不成熟的。但真是如此嗎？龜版可是來自正統中原之外的。最後，「魚骸」諧音「餘骸」，是「剩下來的骸骨」，指的當然是那一小塊哥哥的遺骨。然後這個只剩下一小塊的哥哥，如同前面所說，是馬華文學描寫馬來西亞華人的中國——左翼情懷的典型人物。

一般的小說，能夠完美把一個意念蘊藏在一個象徵底下已不容易了。但〈魚骸〉寫出來的卻是四通八達的象徵網路，彷彿可以從任何一種詮釋開始，牽起一連串交錯複雜的意義。而所有的意義，都共同指向了敘事者的選擇；他追尋著中國，卻到了不完全中國的台灣，而越知世事，就知道此刻的中國早也不是想望裡的中國了。他思想上、文化上的原鄉其實早就不存在了。

於是，這樣的一個人，當然是「回不去」的。回不去那完全不是中國的馬來西亞，也回不去自幼所讀的書刊之中虛構遙想的古老中國——如何回去一個不存在的地方？這正是其深沉鬱結的核心；即使他醒悟了他自幼認定的原鄉其實不存在，但對原鄉的鄉愁卻早已成型深植，再也不可能去除了。

而且，他比誰都清楚，「回不去」不是說說而已，是有證據的。畢竟，他長年收藏著的哥哥的骨塊，是「**與喉結相對的那一節頸椎**」。黃錦樹讓他的角色早早就感覺到這塊證據的意義，因為它被敲下來的時候，敘事者就明明白白地知道後果了：**代價**

是，它必須身首分離。

※關於黃錦樹（一九六七—）：馬來西亞華裔，一九八六年來台求學，畢業於台大中文系、淡江中國文學碩士、清大中國文學博士。著有小說集《刻背》等；論文集《馬華文學與中國性》、《謊言或真理的技藝》等。一九九六年迄今任教於暨南大學中文系。

學校不敢教的小說（25）

謊言的岩層——舞鶴〈調查：敘述〉

我感謝兩位調查員的指教。遺憾事件發生那年我僅十歲，十歲童的眼睛看得不夠真切。更遺憾兩位來訪時，我已是五十幾多歲，記憶褪色了，回敘起來容易變形。事件後二十三年，家母死於子宮頸癌。在臨終的病榻上，家母告訴我一個她終生的祕密：家父被捕後第一百五十六天，他們送來一張家父被斃在泥上的死相，強她拿著左鄰右舍挨家挨戶示給人看，——她爪嚙相片掐成子彈一樣吞入肚內。……中年調查員闔起筆記，囁嚅說：有關那張死相照片似乎是運河尾某造船世家的大兒子的故事。我微笑說我知道……

——舞鶴〈調查：敘述〉（一九九二）

說謊就是不對——這是小時候最引起我道德混亂的一句話。所有大人都會這樣告訴孩子，然後一邊在孩子面前說謊。答應的事情，總有理由不必做到；顧全他人或自己的顏面，所以正話都可以反著說。因此人長大的過程，好像就是學會如何拿捏說謊力度的過程。我們在張大春的〈將軍碑〉和黃凡的〈賴索〉兩個案例裡，已經見識過人如何不可能誠實，而瀰漫在歷史當中的謊言迷霧又是如何無法驅散。但是，跟大人教我們的不一樣，說謊並不只是道德缺陷而已。當一個人明知某事為假，卻偏要如此敘說，這中間往往就有人心的夾層。

在眾多探討謊言的小說裡，最讓我感動的是舞鶴的〈調查：敘述〉。它的故事非常簡單，某天有兩位調查員來到敘事者的家裡，訪問他的父親參與並且死在「事件」中的經過。這個「事件」明確地指向「二二八」，不過作家刻意隱去具體的名稱，營造了一種象徵性的效果；雖然以二二八為本，但此中的情感卻可能發生在任何類似被政治抹殺的歷史情境裡。整篇小說由敘事者「我」對著兩位調查員追憶其父在「事件」前後的行動，但越往下讀，讀者就看到越多並陳的矛盾說法，越明白「我」幾乎沒有一句可信的話。但不同於張大春或黃凡透過流麗繁複的技巧來呈現敘述的虛構本質，〈調查：敘述〉這篇標題硬板板的小說，可是真刀真槍地告訴讀者：「我正在說謊。」

這篇小說最有趣的部分，就在於層層疊疊的敘述結構。位居最底層的是「事件」本身，但父親已死，時空已杳，不可能重現。再上一層是曾經親歷事件的人，包括母親、父親的長工、親戚朋友，他們分別記得一些片段。第三層是敘事者，他將這些說法加上自己的聽聞轉述給調查員。第四層有兩個部分，一個部分是調查員筆記下來的東西，這部分在小說裡面沒有寫出來，不過情節裡一直出現他們討論要刪改哪些部分，點出了這種「官方」的調查報告貌似理性，實則歪斜的情況；另外一個部分則是這篇小說本身——這是敘事者「我」轉述「『我』曾經和這兩位調查員談話的經過」。把這些俄羅斯娃娃般的層次區分清楚，是理解這篇小說的重要關鍵。當我們讀到某個明顯扯謊的場景之時，必須留心分辨：是場景中的角色說謊，還是轉述者的問題？或者，這根本是最後一次轉述的記錄者造成的？

在這個結構裡，歷史變成傳聲筒遊戲，每一次重述就離原本的版本更遙遠。因此這個故事不須考慮誰真誰假，只有每一個說謊者到底有什麼動機的問題。比如，在父親死後，一名自稱是父親生前密友的女子上門，哭說自己嫉妒的丈夫告密害了父親，母親卻只冷冷地將她視作政府派來探口風的奸細趕出去。這整段情節非常耐人尋味。女子究竟是密友還是奸細？母親的冷漠究竟真的是理性判斷，或只是不想承認父親在外有女人的事實？（在另一處情節裡，母親掏空父親褲袋的每一分錢，宣稱怕傭人偷走，卻有人說是她不願父親在外養女人。如果後者為真，是否坐實了母親的心虛？）另外，在父親失蹤之後，母親到廟裡求問，神乩顯靈叮囑她莫傷心傷身、好好照顧子孫，彷彿已死之夫的關照。這裡神乩究竟是真的附身，還是它在那個時代已經面對過太多這樣的婦人，於是用如此曲折的方式，溫柔地給她們一個好好活下去的說法？而所有這些謊言場景，歸根結柢都是敘事者說出來的——他想必看得出故事之間的矛盾，那他為何明知故犯？或者，連這些場景都是他編造出來的？

這是舞鶴這篇小說最讓我感動的核心：對我而言，這些反覆堆疊的謊言，全部是療傷的儀式。在歷史發生的當下，個人常常是無力而滑稽地面對突然的命運襲擊，就像父親因為沒有帶車錢而被捕的可笑瞬間。而在一次次追憶和轉述當中，事件被誇大、扭曲甚至神話化了（鄰居堅稱：父親其實是為了保護家人，毅然走進去被捕的），無法被救回的死者被述說得比實際上更堅強、勇敢而美好，這首先是一種安慰。其次，在一次次敘述變形之後，「事件」就不再是原先那個樣子了，傷痛的人們因而能拐個彎，輕柔地觸探傷口周邊，而不會直接痛出淚來。因此，謊言成為面對傷口的練習與準備。小說中的兩位調查員並不明白這一層，他們只是疑惑為何敘事者要不斷提及那些明顯無關和錯誤的事。他們試著引導、刪節、考訂甚至想像出一個「正確」的結果，卻不知道正確與否對敘事者這樣的遺族來說並不是最重要的事。重要的是，如何給過去的事情一個解釋、一個情感的交代、一套能讓自己有勇氣面對未來的家族記憶。

於是，兩位調查員——作為「國家」或嚴肅「知識」的象徵——註定會錯過我們文前所引的，小說結尾那個謊言真正的意思。母親一輩子四處搜尋父親，也許是為了騙自己丈夫沒有死。母親臨終前說她早早知道父親已死，那就產生兩種可能：搜尋的行為是謊言，為了騙孩子和親朋好友「我仍抱著希望」，讓他們安心；臨終之言是謊言，是對一生絕望的淒厲控訴，強作精神勝利地表示「我早就知道了」。但在最終，調查員戳穿了這段故事乃是襲自他人之事，使得謊言再翻一層：所以這是敘事者為母親的一生所找的兩種解釋嗎？接下來，敘事者竟然微笑承認了，又是一層翻轉……對調查員來說，前此一切就真的變得完全不可信了。然而，緬想亡者，慰療生者的儀式已經完成在交疊的敘述岩層之間了，在這裡，謊言不必然導致虛無與惶然，反而是生存的湧泉豐蘊之處。所有故事都是假的，但唯此人們才能好好的、真正的活著。

※關於舞鶴：作品深具原創性。著有《悲傷》、《思索阿邦・卡露斯》、《十七歲之海》、《餘生》、《鬼兒與阿妖》、《舞鶴淡水》、《亂迷》（第一卷）。二〇一一年，《餘生》法文版由ACTES SUD出版公司出版。曾獲吳濁流文學獎、中國時報文學獎推薦獎、中國時報開卷十大好書獎、聯合報讀書人最佳書獎、金鼎獎優良圖書推薦獎等。

【七、無需掩飾惡的年代】

學校不敢教的小說（26）

權力減去懷疑等於——鄭清文〈報馬仔〉

那是日據時代的高等學校。那時的高等學校和現在的高中是完全不同的。論程度是和現在的專科差不多，但是台灣人要進去，是比登天還難，一年才有幾個人，那是全島最優秀的學子。他的工作，就是以那些人為對象。那時候的學生，是多麼有思想呀，而有思想的學生，都怕他。他問他們看什麼書，他還暗中調查他們。……有很多人說，在光復當初，他害死不少人，說他是用嘴巴害死人的。「你為什麼要害自己的同胞？」有人問他。

「我只分好人和壞人。」他這樣回答。他覺得，他回答的很得體。

——鄭清文〈報馬仔〉（一九八七）

很多小學老師都知道一個迅速控制班級秩序的祕訣：把班上最吵鬧的那個學生，派去當風紀股長，負責管理班級秩序。這一招在絕大多數的狀況之下都很有效，一來此舉「收編」了最大的「亂源」，讓強盜成為官兵；二來，好學生的朋友大多是好學生，頑皮孩子的人脈也多是頑皮孩子，他知道哪些人是要重點看管的，他也更有機會讓那些人賣他面子，稍微合作一點。我的母親就是小學老師，我從小常常看到老師們成功利用這個手法，總是無法理解，為什麼那些最吵的學生最後就真的變「乖」了？在某些老師不在而只有他們主管秩序的時刻，不正是最好的機會可以大玩特玩嗎？為什麼他們這麼輕易就背叛了一同歡樂的玩伴？

一直要到很後來，我對於「權力」這個詞的意義和機制有一些認識之後，才知道這其實利用了某種人性的弱點。鄭清文〈報馬仔〉更是讓我知道，這個祕訣不但是小學老師的高招，也是殖民者、獨裁政府的慣用伎倆。〈報馬仔〉寫一個無足輕重的過氣大叔陳保民，四處參加銀行股東會、與銀行幹部談話、成天監視他人準備向政府打小報告，試圖從這些行為當中威嚇別人，讓別人覺得他是一個重要的人。這一切根源於他在日治時代擔任過「特別高等警察」，協助日本人監視台灣知識分子的經驗，所以到了戰後，他仍沉湎在往日「**不但台灣人怕他，就是一般日本人也懼怕他三分**」的地位。從鄭清文流暢但隱有譏誚的筆法下，我們看到這個角色一直想要證明自己的重要性，但沒有任何人買他的帳，整篇小說下來，他除了得到一些敷衍的香菸、飯票和偷得一捲衛生紙外，沒有任何成功的舉動。連在小說的最後，他見到自己的女兒偕男友進入旅館，報馬仔的天性使他回去向太太報告這個大消息，都遭到冷漠的對待。

鄭清文寫這個故事，意義並不止於嘲笑陳保民的過氣而已。透過這個角色，作家寫出了日本殖民統治之後，對心靈造成的扭曲與腐化。從他在小說裡面的表現來看，我們知道陳保民是一個沒有任何實力，但永遠不願屈居人下，希望把別人都踩在腳底的人。這樣的人格特質，正是最適於當權者「拔擢」為風紀股長的人——如果不收編他，他可能會因為反抗壓迫而成為「亂源」；如果收編了他，因為他沒有任何深刻的核心思想，所以就算分給他一部分的權力，他也不會想利用這些權力反叛當權者；相反地，由於他的空洞，他會緊緊依附任何賜與他權力的人，為了延續這種地位而盡可能地打壓他人，特別是和他自己比較相像的那種人。就像小學老師的風紀股長是為了壓制吵鬧的學生而指定的，「特高」陳保民的主要任務也是監視台灣人，在小說裡面，他數次提到「**那時候的學生，是多麼有思想呀，而有思想的學生，都怕他。他問他們看什麼書，他還暗中調查他們。**」如果對當權者來說，他們要解消的是民間力量的抵抗，找一個更貼近民間但願意合作的「報馬仔」，自然可以更有效率地完成任務。

最重要，也最可怕的是，這樣的人是不懂懷疑的，他會照單全收當權者所給予的道德標準，據以審判他人。審判他人（並且打小報告）是他唯一的工作和利益來源，加上指令永遠來自他人，所以他從不覺得自己有罪，也不覺得需要反省。如同文前所引的段落，當有人問陳保民為何陷害同胞時，他的反應是：「『**我只分好人和壞人。**』**他這樣回答。他覺得，他回答的很得體。**」這樣輕描淡寫的一句，透露了很多問題：他說他只區分好壞，但他從來不曾思考「好」、「壞」的定義是誰給的？是否某些人真的好、真的壞？而他一己的判斷，憑什麼決定他人的生死？我們可以想見，如果有人繼續追問陳保民標準何在，他最終大概只能回答出「當權者說是好的，就是好的」這類毫無思考與良知的答案。而面對他自身這個危險卻又沒有任何反思基礎的想法，他卻認為很「得體」。

於是，當運用一種權力的快感貫穿了他全副心神，而容不下任何懷疑空間的時候，他就成為權力所捏塑出來的詭異泥偶，既是加害者也是受害者，不但自己丟失了良善，也不允許別人良善。

而這正是在乎如何「有效管理」、「有效鎮壓」更甚於人性的自由與美好實踐的當權者所樂於看到的。鄭清文的〈報馬仔〉發表於一九八七年二月，再過幾個月就是解嚴了，這段時間正是戒嚴時期的國民黨政府瘋狂動用各種手段壓制異議人士（當然也包括告密），希望還能維持極權統治的黑暗期。雖然小說沒有明寫出來，不過，在這樣的時間點寫這樣的故事，〈報馬仔〉所要批判的對象，恐怕不止於日本殖民政府及其「特高」吧。那樣的政治孕生出那樣的人種，本來就不限於特定的種族，而是根植於極權統治。直到今日，這種拔擢風紀股長的方式還在繼續運作，缺乏自我懷疑的道德判斷還在我們的日常生活中發揮作用，這一切都標明了我們距離真正的自由還有多遠。

※關於鄭清文（一九三二—）：台大商學系畢業，任職銀行四十多年。一九六五年出版第一本小說集《簸箕谷》，一九九八年出版《鄭清文短篇小說全集》七卷。作品以短篇

小說為主，多篇作品被譯成英、日、德、韓、捷克、塞爾維亞文。曾獲國家文藝獎、台灣文學獎、時報文學獎、金鼎獎等。

學校不敢教的小說（27）

分類底牢結——林雙不〈小喇叭手〉

「你硬要分台灣人外省人！」

「什麼？我硬要分？我許水泉——生在台灣，長在台灣，一世人種田拚生死，種米種菜養活你們這些人，沒機會受教育，但我看電視，認真學外省話，——雖然講不好，但普普通通，可以瞭解你的意思，也可以讓你瞭解我的意思；可是你，你來台灣也不是一年兩年了，吃喝在這裡，生活在這裡，你卻不會講台灣話，甚至聽得懂的也不多……那麼我請問你，是我們心肝內沒有你，還是你心肝內沒有我們？是你在硬分外省人台灣人，還是我在分芋仔番薯？」

——林雙不〈小喇叭手〉（一九八五）

從文學技藝的觀點來看，林雙不的〈小喇叭手〉可能是我們談論的三十篇「課本不教的小說」中，缺點最多的作品之一。它的情節單純到近乎扁平，所有欲表達的意念都浮在文字表層，人物的塑造也有些刻板。到了小說末尾，為了讓角色把壓抑的意念釋放出來，更是讓主角許宏義的父親許水泉承擔了一些與他「青瞑牛」身分不符合的台詞。然而，這篇小說震撼人心之處並不在技藝層面上，反而是因為它以這樣幾無設計的敘述，直接、尖銳地寫出了台灣的意識形態問題。

在二〇一四年的現在，談論「意識形態」這個詞，有些人或許會覺得過時，甚至尷尬。但是，這並不是一個無效的概念——相反地，我們之所以覺得過時、尷尬，正是當權者控制了我們的意識形態的後果。這個詞在教育系統與媒體的渲染之下，被當作是一個辱罵對手的髒話，好像一場理性的討論裡面應該要摒除它一樣。這樣的想法完全是誤解了這個詞真正的意思。意識形態的英文是「Ideology」，指的是人們腦袋裡面一整套價值觀的總合，這些價值觀往往讓持有者覺得「天經地義、非如此不可」，但事實上沒有什麼理性基礎。信念之為信念，就在於「相信」而不在於「理性」。因此，沒有人是不具有意識形態的，除非他不思考、沒有任何腦部活動。意識形態決定了很多事，大到人的政治、宗教偏好，小到喜歡聽什麼音樂、吃什麼食物，都可能是它運作的後果。比起來，我覺得更傳神的是牟宗三的翻譯，他將這個詞稱之為「意底牢結」。「意」是意念，「底」同我們現在慣用的「的」，生動地表述人的意念糾結成一團牢固的整體。

既然意識形態人皆有之，重點就不在消除所有意識形態，而是批判那些會傷害人的，盡可能廣泛尊重不會傷害人的各種觀點。林雙不的〈小喇叭手〉正是關於一種意識形態如何傷害人的故事。主角許宏義是高工三年級的樂隊成員，某天朝會時，聽從樂隊指令吹奏〈丟丟銅仔〉，卻被新來的主任教官秦懷魯毆打，最後因為暴躁的父親許水泉和見義勇為的同學遊行相挺，遭秦懷魯惡意記過，累計滿三個大過退學。在故事的前段，最大的懸疑就是：為什麼秦懷魯會突然毆打素昧平生的許宏義，並且拚命記過，彷彿非置之死地不可？直到中段，由於許水泉與秦懷魯的吵架，我們才終於看到這一切混亂的因由。面對許水泉「為什麼不能吹這首曲子」的質問，秦懷魯先是回答：「**我說不能就是不能，不必向你解釋！**」幾句話後，被逼急的教官才終於吐出了真心話：「**所有的台灣民謠台灣歌曲都不准吹，因為台灣民謠台灣歌曲下流、沒水準，你懂了沒？**」在這裡，值得注意的是，真正的這個理由被延遲了兩次才說出來（毆打當時沒說、被質問的瞬間也拒絕說），這兩次延遲顯露了意識形態運作的線索。

秦懷魯思路的起點，是「台灣音樂下流、沒水準，因而不得在升旗這樣的場合吹奏」，這是一個標準的意識形態判斷，符合我們前面所說的，是一套價值觀，但沒有任何理性基礎；音樂作為一種抽象的藝術形式，幾乎不可能直接去論證一段旋律是「下流」還是「高尚」的，因為它的重點不在敘事，所以很難連結道德價值。然而，秦懷魯這個角色值得玩味之處在於，如果他認為這個思路是沒有任何疑義的，他在長達五頁的喝止過程，以及與許水泉的爭吵當中，是有很多機會可以把理由說出來的，或至少可以點明「不准吹〈丟丟銅仔〉」。但他兩次都選擇以直接的權力壓制，而迴避說出真正理由，這就顯示了他心內的矛盾：一方面，他自身的意識形態讓他覺得理當如此，無須多做說明；一方面，他明白這種意識形態已漸漸被認為是錯誤的了，所以用強硬來掩飾自己的心虛。小說發表於一九八五年，也在文中提到「三十多年後」，可以推想故事也發生在一九八〇年代，正是本土力量抬頭、民主運動越來越強地衝擊極權體制的年代，秦懷魯對這些將剝奪他優勢地位的變化想必是十分焦慮，進而以此激越的方式表現出來的吧。

另外，在文前所引的那段「台灣人、外省人」的段落，我們也可以看到秦懷魯意識形態中的矛盾——是他先提出了「台灣音樂下流」的說法，卻又指責許水泉有分離意識。主動進行分類的人反倒不准因為分類而遭到歧視的人說出真實的情況，貫徹的是一種「我不但壓迫你，而且不准許你認知到你被壓迫」的完全權力狀態，而且他對於自己占有的權力、可以任意踐踏「台灣人」的位階是非常清楚的：「**我處罰誰都應該，都正當！這是我的權力，是政府給我的權力！**」

意識形態最可怕之處正在於此：它實在太貼近情感，而太遠離理性，以至於秦懷魯這樣的人明知自己所做的事情是蠻橫的，他還是覺得自己沒有錯。而在意識形態的加乘下，權力就不再是一種純粹的控制力了，而有了「師出有名」的化妝：我欺壓你，是因為你某些特質本來就該被欺壓。至於那些特質為何該被欺壓？這是課本所不願意教我們的，它希望我們看到化妝就停下來，不要再探問後面造成這種無意義的人群分類的「意底牢結」是怎麼回事。而如果你自己想通了這個道理，如同許水泉和其他同學一樣，去質問教官時，他們會反控你「有意識形態」來堵你的嘴。你會很難以招架，因為你確實有意識形態，當你認為每個人都應該要可以在自己的國家內，平等而有尊嚴活著的時候，這確實也是一套難以用理性去論證的價值觀。

但他們當然不會提醒你，這種反控自始至終都是一種誤導。只要你繼續糾結於「我也有意識形態，所以不能批判他」的陷阱裡時，就會忘記去追問：憑什麼一套傷害人的價值觀有資格跟不傷害人的價值觀平起平坐，得到一樣甚至更多的尊重？

這一整套強者反控弱者，以解消弱者抵抗力量的流程，在今日的台灣仍然是當權者控制人民最主要的手段。這就是為什麼這篇直接尖銳，但寫得不夠好的小說，至今仍然是台灣文學史上重要作品的原因。它所反映的時代仍未過去，學校裡面仍有軍事人員而非教育人員、如同《康熙來了》一類的節目還在持續著將人群分類為上流與下流的媒體操作。不同於其他經典名篇，〈小喇叭手〉的讀者們，將比誰都更衷心期待這篇小說完全過時的一天——那或將是台灣人身上的牢結稍微鬆開，不必再一動身軀就滿身是傷的時代。

※關於林雙不（一九五〇—）：輔大哲學研究所畢業。十三歲即以筆名「碧竹」發表詩、散文、小說。八〇年代後以林雙不為筆名的小說集共有五部：《筍農林金樹》、

《大學女生莊南安》、《小喇叭手》、《決戰星期五》及《大佛無戀》。曾獲中國文藝協會散文獎、吳濁流文學獎、賴和文學獎等。

學校不敢教的小說（28）

善惡的槓桿在笑——姜貴《旋風》

自經方祥千一場「麻黃官司」之後，方祥千對於當前政局的印象更加惡劣了。他想，無緣無故地把人一再下在獄裡，硬加上一個罪名，不由你分說，這還成什麼話！這些統治階級的走狗們，作威作福，「看我打倒你！」方祥千把煙槍向空一揮，重重地放下去，就不耐煩安靜地躺著了。他想，我一定要共你的產。要不，我就法你的西。總之，我和你勢不兩立了。

——姜貴《旋風》（一九五七）

在四、五十年前左右的台灣，曾經有一種叫做「反共文學」的流派。那是迫遷來台的中華民國政府因為內戰輸給中國共產黨，檢討原因，覺得己方在宣傳戰上大不如人，遂動員作家們書寫醜化對方的文學作品。在接下來的數十年內，「反共文學」其實是一種「課本會教的小說」——在各級各科的課本裡，都有著大量捏造中共惡跡的拙劣作品。不過時至今日，這種文學流派基本上已經消聲匿跡，當時流傳的大量作品幾乎都變成無人聞問的廢紙了。原因無他，那批小說無論從什麼觀點來看，絕大多數都毫無深度可言。然而，姜貴的《旋風》卻是反共文學中極少數的例外：它不但是小說精品，而且課本絕對不會教。

《旋風》的主軸之一確實是鋪陳共產黨在小鄉鎮（方鎮）的崛起，以及隨之而來的罪惡，但使它有別於人的關鍵就在「之一」二字。與其說這是一本「反共小說」，不如說這是一本討論惡的歷史、惡的形成的小說，共產黨雖然為惡，但反對它的也不見得就是好東西。《旋風》以方祥千這位方鎮第一個共產黨員開始，描述他發展組織的過程。小說的中段轉而敘述方鎮裡面幾個大家族的腐敗與怪狀，直到結尾處才把故事重新和共產黨的建立連起來，並以方鎮各大家族被批鬥敗亡、方祥千也被自己成為共產黨官員的兒子背叛處決作結。這篇小說幾乎沒有一個好人：濫嫖的大地主和他的女眷、虧空主人家的下人、墮落的軍官、無一不貪的官員、惡俗的土豪……以及根本不知道自己在做什麼的共產黨員。

這正是姜貴精心安排之所在：在這本小說裡面，以方祥千為首的方鎮共產黨員沒有一個是真正懂共產主義理論的。就如同文前所引的段落，他們其實並不真的理解「階級」、「唯物辯證法」這些左派理論（還把反共的法西斯主義當作同路人），他們只是因為對生活有著種種的不滿，而寄希望於一個俄國來的新理論。然而姜貴的深度在於，他透過小說進一步思考：為什麼他們會那麼輕易地相信了自己也不懂的東西？由此，《旋風》寫出了整個中國社會無出路的困境。在這裡，一個人成為共產黨員既不是為了善（如同他們自我宣稱的理想），也不是因為惡（如同反共小說渲染的那樣），而是當他們在那樣的困境裡面掙扎時，除了相信一套允諾了更美好的未來的理論之外，他們還能怎麼辦呢？小說的筆調是輕快的，幾乎通篇都用諷刺的笑聲來面對每一段情節，連死亡都毫不莊嚴，但背後的情緒卻是頗為憐憫的。

其中最有趣的一點，是姜貴處理傳統大家族的方式。在小說的設定裡面，這些頗有田產的大家族無一不是正在衰敗，也無一不是拚命地享用完全敗落之前的勢力與淫佚。共產黨能夠鼓動人心，原因之一正是利用了平民對這些大家族的不滿；但同時，方祥千本人卻又是出自於這樣的家族，而且他們的活動經費也多半要由此籌措。這就形成了深刻的反諷：宣稱要帶來新時代的，卻是消化舊時代腐肉而長大的。而到了小說末尾，當這些大家族一個一個被掌權的共產黨抄家、批鬥、打死或轉賣為娼的時候，方鎮共黨元老方祥千卻又覺得不對勁了。共產黨的時代來了，不是應該就有平等的社會了嗎？怎麼風水輪流轉，舊地主被鬥倒了，舊時代的娼妓和下人卻又成為新的掌權階層？如此一來，社會其實並無改革，不過是此起彼落而已。而當方祥千仗恃元老身分，對此怪狀發出抗議時，他得到的回應卻是被批鬥殺害，而且還是被扣上他一生反對最力的「地主資產階級」的罪名。這又是另一層反諷：他們最初所依附的，後來被他們推翻了，而最終還是回到了他們自己身上。值得注意的是，在這裡，姜貴悄悄地以小說為槓桿，把「反共文學」公式裡面的道德矛盾指了出來。一開始方祥千主張眾人平等，要打倒以地主為首的傳統價值；但到了最後，他的死卻是因為他反對娼妓（一個傳統價值定義下的低賤階層）在委員會裡面掌權。小說在這裡問了一個大問題：我們到底要如何面對傳統價值？它到底是善的還是惡的？如果要用「現代價值」取而代之，那我們需要的又是哪一種現代？——如果不是共產黨的話，難道是國民黨嗎？

後面這個問題，在反共文學流行的戒嚴時代，當然是不能明擺著寫出來的。但歷史卻很明白：國民黨也並沒有解決這個由傳統轉化到現代的問題，它在國共內戰中的失敗正證明了這一點。而也正是因為它曲折地提出了這樣的問題，所以《旋風》雖然是反共文學中第一流的作品，卻不太受到官方的重視。因為我們的國家並不想回答、也不想鼓勵人們思考這引申出來的疑問：如果方祥千的錯誤是因為沉溺於某種美好的幻想，……我們怎麼知道我們所相信的一切，比方祥千的幻想更加真實，更加接近槓桿上善的那一端？這也無怪乎小說家只能將整本書的風格付諸一抹犬儒的訕笑了。

※關於姜貴（一九〇八—一九八〇）：此生共完成二十餘部作品，其中《旋風》為其代表作，除獲中華文藝獎，也被推選為二十世紀中文小說一百強暨台灣文學經典三十。另曾獲吳三連文藝獎。

學校不敢教的小說（29）
僅有的呼喊——陳若曦〈尹縣長〉

「我到興安那天，正好趕上開公審尹飛龍的大會。我記得，一宣讀立即執行死刑的判決後，尹縣長頭向前栽下去。……這一來，群眾反應不熱烈了，只有會場前部和兩旁的紅衛兵鼓掌歡呼。我哥哥立刻跳上臺呼口號：『血債要血來還！』『處決軍閥、惡霸、反革命尹飛龍是毛澤東思想偉大勝利！』起先，我們還跟著喊，可是聲音越來越稀，越來越低。我當時好像喉嚨被什麼堵住了，胸口飽脹得難受。到最後一句毛主席萬歲時，只剩下臺上的人跟著喊。大家一看，跟著喊的竟是尹飛龍！……我們都呆了，全場不作聲，只聽著他一個人喊。」

——陳若曦〈尹縣長〉（一九七三）

左派、社會主義、共產主義——在我們的課本裡，這些詞從來沒有被好好地「教」過，即使它們是在過去一世紀深刻地影響了全世界華人命運的一些概念。十幾年以前，課本不曾「教」這些詞彙，只是將它們形容成一種邪惡、愚蠢的存在，它們鼓動了一群愚信的人，奪走了「我們的國家」；時至今日，上述說法漸漸跟著「三民主義」這個科目一起從教材中刪除了，但這並不意味著這些概念得到公平陳述的機會：恰好相反，現在它們根本就不被提起了，好像這一個世紀天翻地覆的變化是一場幻覺一樣。

如果要選一篇小說來談這個主題，或許我會選陳若曦的〈尹縣長〉。〈尹縣長〉透過敘事者「我」旁觀陝西南方的一個鄉下縣份當中，「文化大革命」如何喧騰起來的過程。「我」隨著一個奉命前來發展紅衛兵組織的年輕人小張來到此處，目擊、輾轉聽聞了受人愛戴的老縣長尹飛龍被批鬥至死的前因後果。這篇小說雖然也是對中國共產黨採取批判的立場，卻從來沒有被當作上一期提到的「反共文學」——「反共文學」不但要反共，還得明確表達對中國國民黨的忠誠，因而教條僵硬；然而〈尹縣長〉卻是站在一個更超然的角度去敘述文化大革命中人性的壞毀，遂有了恆久的文學意義。在故事裡面，本來正義感十足的小張，隨著「革命形勢」的發展殺紅了眼，在自我極化的瘋狂下處決了無甚大罪的尹飛龍；而尹飛龍誠懇正直，絲毫不理解共產黨的理論，卻對共產黨忠心不貳，至死都不明白到底「文化大革命」怎麼會針對到他這愛民的老黨員身上來。

文前所引的段落，就是敘事者在事件落幕以後，聽人轉述尹飛龍被處死的經過。陳若曦安排了一個極端戲劇化的弔詭場景。在處死判決宣布之後，「**只有會場前部和兩旁的紅衛兵鼓掌歡呼**」，唯一應和紅衛兵呼喊「**毛主席萬歲**」的竟然是尹飛龍——甚至直到紅衛兵都安靜下來了，他仍持續呼喊。在這個場景裡，他的呼喊就超出了字面上「對共產黨愚忠」的意義了。他絕對忠誠、毫無懷疑的呼喊，讓紅衛兵不敢直接槍決他，必須先封住他的口，這是非常深刻的反諷：原來這些自名為「衛東」、「向紅」的熱血年輕人滿口貫徹革命，最怕聽的卻是這種直白而無曲折的信念；不斷要求人們「坦白從寬」的政治意志，原來並不要人們真正的坦白，也不曾從寬。作家在這裡埋藏的喻意並不難解：當他們槍決了尹飛龍，就等於這群狂熱的共產黨員槍決了唯一一個（或許還是最後一個）抱有初衷，對共產黨全心忠誠，全心「為人民服務」的成員。

更值得探究的是敘事者「我」的位置。「我」在故事裡面幾乎沒有扮演任何角色，他就是經過、看到和聽說整個事件，最後轉述出來。「我」是誰？他站在哪個立場？他的背景是什麼？讀者全部都不知道。我們可以從他僅有的幾段對白裡面，看出他明哲保身的性格。他勸其他人服從黨的意志，但我們都看得出來他並不真的相信那些話。但若參照作者的經歷來看，這種疏隔和空白的意義就很清楚了。陳若曦出生於一九三八年的台灣，成年後赴美國留學，最後因為信仰社會主義，決然「回到」中國，投身於社會主義的建設。那一年是一九六六年——剛好就是中國二十世紀下半葉最慘烈錯亂的「文化大革命」開始的那一年。數年之後，陳若曦離開了中國，寫下了〈尹縣長〉和一系列以文革為主題的作品。在這些作品中，我們看到了作家理想幻滅的心懷，那應當美好壯大的社會主義祖國，竟然被蹂躪成那樣煉獄般的國度，看在熱切「投奔」的作家眼中是多麼痛心。於是，我們就能夠理解作家為什麼要採取一個外人一般的「我」的視角來說故事：一來，作家本身正是以這「外人」的位置接受到文革的震撼；二來那是滿懷理想，卻發現這個國度與自己的理想完全脫鉤的陌生感。〈尹縣長〉通篇沒有說出，但不斷流動在底下的疑問是：怎麼會變成這樣？這真的是我們的信仰所許諾給我們的國家嗎？

所以，尹飛龍這個角色應該視為作者的某種投射——他們都是還具有「為人民服務」之純正理想的，真正的「左派」、「社會主義者」。而就在理想勃發燃燒，終致變質幻滅的過程裡，耿直的尹飛龍和他的呼喊一起被人們盲目的烈焰摧毀了，敘事者「我」卻只能什麼也不說、什麼也不做的苟活著。在小說裡，「我」從來不曾提及自己的理想，我們只能從他對尹飛龍寄予的同情當中看見一些折射過的哀悼與悲傷。而這個曾經是中國最有理想性的政黨變質幻滅的過程，對於海島這一邊的我們並不是毫無意義的。我們必須知道，這種變質是中國國民黨（它也曾經是個有理想性的政黨）在二十世紀初期也曾經歷過的。那是一群被歷史壓傷的人們的深切渴望，以及有人利用這種渴望爭權所導致的失控。我們的課本應該教的不是任何一造的功過是非，而是讓我們聽見那僅有的呼喊。記得那聲呼喊，我們才能更戒慎地去把握著理想的火焰，讓它成為人們的光源，而不是導致人們刑死之物。

※關於陳若曦（一九三八—）：台大外文系畢業，美國約翰霍普金斯大學寫作系碩士。就讀台大期間，即為《現代文學》創辦人和編輯之一。著有短篇小說集《尹縣長》；長

篇小說集《慧心蓮》、《突圍》等；散文《我鄉與她鄉》。曾獲國家文藝獎、聯合報特別小說獎、吳三連文藝獎、吳濁流文學獎等。

【尾聲：可能性】

學校不敢教的小說（30）

在詩的絕望裡預習——郭松棻〈月印〉

那時海上的天空，就像現在緊緊握在文惠手裡的那只玉鐲子，泛出了明麗透亮的翠光。

而海在無風的午後，也和平安詳一如眼前新店溪的這片山野。

「敏哥。」

突然文惠叫了一聲，連自己都不知道為什麼。

接著，她在心裡傻愣愣地說出了一句：

「如果我懷了你的孩子……。」

下一個瞬間，她就為這句突如其來的話感到刻骨的羞愧。

——郭松棻〈月印〉（一九八四）

列。

從一開始，我就打算以郭松棻的〈月印〉來結束「學校不敢教的小說」這個系列。

從郭箏的〈好個翹課天〉起頭，我們討論了三十篇小說。在這些翹課才能學會的小說裡，我們看見作家如何在營造美學效果的同時，也觸及對人、對社會的理想追求——在傳統的文學評論觀念裡，這兩件事是互相矛盾的。但經過這一趟，我想我們已經證明了並非如此，甚至可以說是同一件事：無論是追求美學還是追求理想，它們都彰顯一種「反抗」的精神，不願意輕易落入我們習以為常的主流觀念。而在文學的反抗主題中，我們更能分毫不漏地看見了每一個人最細緻的情感狀態。郭松棻的〈月印〉正是最能完美證明此兩觀念不但不互斥，反而能互相激盪至一前所未有之深度的作品。

〈月印〉敘述一對年輕夫妻，丈夫鐵敏是日本時代的知識分子，經歷二次大戰之後，他便病弱到完全不能生活自理的地步。因此，小說大部分的篇幅都以妻子文惠的視角來敘述。文惠一路照顧重病的鐵敏，起先病況絕望，到小說中後段，鐵敏卻在與蔡醫生談文學、哲學的過程逐步恢復，彷彿得到某種精神的養料。也因為蔡醫生的引介，鐵敏認識了一群由中國大陸來台的知識分子，參與了他們的左翼活動。最後，文惠在不知情的情形下意外成了密告者，導致鐵敏等人被捕槍決。這是一個用極為詩意精緻的語言寫成的，完全絕望、沒有出路的故事。〈月印〉的段落常常時空錯綜跳接，形成一系列表面上無關的印象，但並置在一起卻有字面以外的幽深效果。而在情節緩慢浮出水面的流光裡，我們看見極為相愛的兩人因為他們熱切的愛而步向毀滅——如果鐵敏不是那麼熱切地愛著他人，必不會投身革命；若非那麼愛文惠，就不會為了不要牽連而瞞住她、導致她的誤會。文惠若不是以那麼強韌的愛撐過了重病的絕望，鐵敏之後的隱瞞與「離家」就不會讓她苦澀到如此難以承受的地步。讀到最後，我們會發現，一切結果在開頭就註定了，找不到逆轉的可能，他們遂只能以絕美而必然的姿態走向毀滅。

文前所引的段落就是毀滅的終點，那是整篇小說的最後幾行。因為文惠無心的告密，鐵敏在白色恐怖中喪命了。她完全不能明白，為什麼事情會變得這麼嚴重？不過就是向警察局呈上了一箱上鎖的書。她回到曾經一起去過的新店溪山野，說出了台灣文學史上最讓人痛心的獨白：「**如果我懷了你的孩子……。**」這句話看似簡單，實則極為複雜。在情節上，這是一個不可能的「如果」。因為鐵敏起先的病弱，文惠擔心病情惡化，所以始終沒有和他發生性關係；而等到鐵敏病好了，他卻天天在外面待到三更半夜。因此，這句話所引出的「**刻骨的羞愧**」就有好幾層意思。它首先是文惠作為一個感情不斷被阻斷、壓抑的妻子，潛意識溢出的性慾望。然而這一切的阻斷、壓抑卻又是文惠親手造成的——起先是病，後來是告密。當然，文惠在做出決定的當下不可能知道後果，正是這種「不可能知道」，彰顯了政治對人性最恐怖的凌虐——明明一切都是因為隱身在幕後的政治力量造成的，卻殘忍地假自己之手，讓無辜的人承擔自責。其次，「**如果我懷了你的孩子……。**」是一個假設句型，文惠並沒有說出「如果」之後要怎麼樣（如上所述，她已經瞬間感知到那種「自作自受」帶來的羞愧、凌虐）。但我們可以想見，如果有一個遺腹子，文惠至少會有一個活下去的重心和理由，至少還有「贖罪」的機會。這樣的「贖罪」情結，就出現在李昂晚於〈月印〉十三年後出版的小說《北港香爐人人插》當中。在那裡，未亡人帶著遺腹子站在群眾面前，成為過去半世紀台灣人苦難的象徵結晶。然而郭松棻這篇一九八四年的小說選擇了更為淒絕的路。在這裡，「如果」是不可能的，文惠一丁點贖罪的機會都沒有，她當然也不會成為那種能在政治上有所作為，總有一天可以向執政者討回代價的未亡人。她毫無所知，但她造成一切，連絕望都是自己的。

馬場町上一聲槍響，從此就是刻骨的羞愧，無解的一生。

比起一九六〇年代許多自詡黑暗深沉的現代主義作品，郭松棻的小說文體晶瑩，不像它們那麼故作扭曲的姿態，卻真正探入人性最深的絕望裡。這不是純粹的美學效果所能達到的（就像那些宣稱「藝術歸藝術、政治歸政治」的天真說法一樣），也不是純粹的社會關懷所能達到的（就像另外一種宣稱「文學不需設計、只須反映現實」的極端），而是兩者互相扭纏前進才能碰觸之境。只有郭松棻這樣的、最好的文學作品，才能用詩的語言讓我們看到哲學化的人類困境——而這是一本文學課本所應有的，最重要的知識。重點不在於選擇哪篇小說、不教哪篇小說，而是應當讓文學陪著我們，一起在文學當中預習那些絕望。

對，是預習。即使那些故事所指向的歷史都已經發生過了，但對還有機會打造全新世界的，全新的我們來說，絕望可以留在故事裡，留在記憶裡。每當我們遇到現實，我們就會想起故事，然後告訴自己：要選擇那些絕望完全不一樣的可能性。

※關於郭松棻（一九三八——二〇〇五）：台大外文系畢業，加州柏克萊大學比較文學碩士。其妻子李渝同為知名小說家。一九七二年起在聯合國任職，旅居美國紐約，直到中風去世。著有《郭松棻集》、《雙月記》、《奔跑的母親》、《驚婚》等小說集。

【附錄一】

如何測量學校不敢教的小說

「學校不敢教的小說」當然不只我們談到的三十篇。相較於文學可能性的廣闊，以課本作為量測的單位確實是過於狹小了。而時間正在往前走，台灣文學也還以自己的方式向著未來滾動，面對必將越來越豐厚的文學史，作為讀者，只是記得已經被寫下來的故事是不能滿足我們的；能夠擁有一套地圖，可以讓我們的翹課之旅更有把握一點，但若能學會一套製圖學，則可以用我們翹課的足跡直接打造一個更有趣的世界吧。

這篇文章就是我製圖時常用的幾招三腳貓把式、幾套小工具。我會試圖具體地描述我在分析前述小說時，所使用的一些方法，提出幾個原則和可能的觀察點，希望能幫助你自己面對從未讀過的作品。現行的「國文課」過於重視記誦性的知識，而對這種基本方法缺乏關注，在一定程度上，也側面證明了「學校不敢教」的文學作品，真的是有太多大人們不希望我們知道，或者他們自己也沒有能力知道的力量。當然，我的閱讀方式僅是我自身經驗的綜合，很可能不夠全面，也有所偏倚，無須當作絕對的定理，如果你在自己的閱讀當中，發現了與我的方法不同的路徑，那將會是更可貴的。甚至連我自己，也大概都無法完美遵循自己所提出的原則。以下的討論，我會用本書前面提到的小說和我的評介作為範例，希望能更清楚地展示小說分析的方法。

一、分析小說的五個原則

當我們對一篇小說進行分析，我們希望從中得到什麼？找到什麼？

我認為主要是有兩個層次：一是「理解」，找出小說「真正的」、「完整的」意義。二是給予美學評價，判斷這部作品在形式與內容的搭配上有多大的藝術效果，與其他作品相較落在哪個水準。對一般的文學閱讀來說，這兩個層次可能有先後關係（先知道意義，才能給予評價），但有時候會有例外——有些作品你可能不見得很懂，卻還是很喜愛。但我認為，在大多數的狀況裡，我們還是應當盡可能地去確定小說的意涵，再來給出美學評價，比較不容易讓評價失準。

因此，在以下的討論裡，我將把重心放在「如何正確理解作品」上。每個人的美學判斷或許會有很大的落差，但對作品的理解卻是可以大致接近的。「理解」的困難之處在於，因為文學作品不是史料、檔案、日記或文獻，它的本性就是隱匿和曲折的，所以雖然我們必須依賴那些字句來推理意義，卻不能完全相信那些字句。有些字句是正話，有些是反話；有些是支持，有些是嘲諷。就像黃凡〈賴索〉的最後一句話：「**『我是賴索，我是賴索，』他結結巴巴地說，『我只想說，說，好，好久不見了。』**」它真正的意義並不是字面上的「賴索只想說這句話」，正好相反，它想表達的是某種情感被壓抑而不能滿足。

如何精準地處理這些字句，當然需要一定程度的感性、直覺和經驗，但也並非毫無法則可循。接下來，我將提出五個分析小說的原則，它們可以幫助我們檢查自己的理解是不是夠好，和別人的理解相較之下，哪一種比較可能接近作品的真義。這五個原則是：文本證據原則、最大解釋力原則、無矛盾原則、參照原則、合身原則。

1文本證據原則

當我們想要說明一篇小說的「意義」、「主旨」或「意涵」的時候，並不是要重新把小說敘述一次。——如果是那樣，不如直接把作品讀一次。作為更好的讀者，我們應該要能夠濃縮出一個更精簡的「詮釋概念」，來概括這篇小說。提出這個概念，就是分析小說的第一步，因為接下來所有的抽象思考，都是以此為基礎的。以王禎和的〈嫁妝一牛車〉為例，「重述故事」和「詮釋概念」的差別就很清楚了：

X「〈嫁妝一牛車〉描述了萬發無法阻止自己的妻子和成衣販子通姦，最終還必須依賴對方才能生活的過程。」

○「這篇小說深刻地寫出了『現代化』這個看似進步亮眼的詞彙所帶來的深層精

神傷害。」

前者是重述故事，後者才是詮釋概念。當然，由於這裡歷經了一個從故事轉換到概念的過程，所以勢必會有所取捨，每個讀者之間也可能會有落差，這就是文學作品為什麼往往有很多不同解讀空間的源頭。但是，如何取捨其實是有標準的，並不是每一種解讀都是一樣有效、一樣好。以下的五個原則，都可以在一定程度上幫助我們判斷哪個解讀更有效、更好。

我們第一個要談的就是「文本證據原則」。這一個原則要說的事情很簡單，那就是：所有的詮釋概念必須從文本中找到細節作為證據。如果這個詮釋概念是針對單篇作品，那這篇作品本身所擁有的細節就要足夠撐起它。（以我們的例子來說，要在〈嫁妝一牛車〉裡面找到夠多的「現代化造成的精神傷害」的細節。）如果這個詮釋概念是針對某位作家所有的作品，那可以支撐的證據必須散布在他的許多小說裡，但未必需要從單一篇章就充足地推論出這個概念。（比如說，要詮釋王禎和是一位以「現代化造成的精神傷害」為主題的作家，就需要在他的多篇小說裡面找到這種細節，不可以只有一兩篇。但反過來說，就不需嚴格要求可以單靠某一篇如〈嫁妝一牛車〉的細節來證明這個詮釋概念。當然，有的話最好。）簡言之，詮釋概念要推論解釋哪個層次，就要在哪個層次的範圍內去找證據。

在這個原則底下，作品裡呈現出來的細節是最有力的證據，其他的資料若與它牴觸，也必須以它為主。有些時候，關於作家或作品的外緣資料（報導、其他評論……），會產生與我們從作品中讀到的詮釋概念相衝突的說法，這時候，即便那些說法來自作家本人，我們也應該優先採信作品呈現出來的樣子。因為我們閱讀的目的，並不在認識作家，而是在理解作品。畢竟那些外緣資料可能有著各式各樣的發言意圖，有太多可能變動的、錯位的因素，唯有作品是出版之後就不再改動的，至少在同一個版本內是如此。比如說，曾有一位研究者評論郭松棻「對台灣的土地是疏離的」，因為所有傳記資料都說明了郭松棻是一個中國民族主義者。但是，從〈月印〉內對台北市街的描述，及其透露出來的懷鄉情感，這些細節呈現的事實卻是剛好相反，他對台灣的土地其實有很深刻的情感。所以，那位研究者的解讀或許是對「作家」的正確理解，卻是對「作品」的錯誤理解，這就是忽略了此一原則。

2 最大解釋力原則

接下來，我們遇到了一個問題。如果面對同一篇小說，產生了不只一種符合「文本證據原則」的詮釋，我們如何判斷哪種詮釋概念是比較好的？或者，當我們自己產生了一種詮釋概念，我們怎麼知道自己做得夠不夠好？這或許可以用「最大解釋力原則」來判定。

「最大解釋力原則」指的是，我們應當設想一個可以解釋最多細節的詮釋概念。一個詮釋概念能夠解釋越多的細節，它就是越好的詮釋。用個比喻來說，一篇小說就像一片星空，每一個細節都是亮度不一樣的星星，而詮釋的任務在於指出可以說服他人的「星座」圖景。而這個圖景能把越多顆星星包納進來越好。但值得注意的是，此處所謂的「細節」的意思跟「文本證據原則」裡面的「細節」意義不盡相同。這裡說的「細節」也包括了傳記資料、作者的各種思想或觀念上的自述（包含文學跟非文學）、時代氣氛、作者的社會位置……總之，如果能同時解釋文本內外的所有細節是最完美的情況。不過通常這種情況不存在，也沒有一個精確的量化標準，所以我們還是有多元的詮釋可能性，因為差不多好卻不大相同的詮釋概念是可能並存的。回到

「星座」的比喻，想像一個畫面：可能A詮釋解釋了二十顆星中的十二顆、B詮釋也解釋了十二顆，但兩者間只有四顆重疊。在不重疊的部分，當兩者的解釋力都不能被另外一方取代的時候，兩者就暫時都是可行的，直到有人提出更能涵括兩者的C解釋為止。以前面舉的郭松棻為例，黃錦樹或王德威兩位評論家都提出了很有解釋力的說法，但我們很難說到底誰的詮釋比較好，因為兩人可能分別對不同部分的細節有很強的解釋力，但在另一部分卻遜於對方。

3 無矛盾原則

「無矛盾原則」指的是分析小說時，絕對不可以犯的錯誤：我們所提出的詮釋概念，不可以和小說文本裡面的任何一個細節矛盾。如果文本裡面有一百個細節，而我們的詮釋概念只能解釋其中十個，這或許不是最好的詮釋，但仍是一個可接受的詮釋。但是，就算我們的詮釋概念的解釋力可以及於九十九個細節，但與最後一個矛盾，這個詮釋概念就是錯誤的，必須推翻重來。這種「零容忍」是必要的，因為一旦我們開始對某些細節選擇性忽視，我們就要面對更多麻煩的問題：我們為什麼可以忽視這些細節？選擇的標準是什麼，為什麼是忽視這些而非另外一些？比如我讀過關於聶華苓《桑青與桃紅》的研究，該論文指出：「桑青的性總是被迫的，隱喻了近代中國女性的命運。」它從前半句話推論出後半句話，雖然我同意後半句話的詮釋概念，但這個推論過程基本上是錯誤的。因為回到小說文本，至少桑青的第一次性經驗（在船上與流亡學生發生），還有在美國的數段感情，都不是被迫的，與前半句話有非常明顯的矛盾。從錯誤的前提得到正確的結果，在邏輯上來說就是推論過程出了問題。

4 合身原則

而在前三個原則的指導之下，很容易導出一個恐怖的結果，那就是拿一個超級巨大、解釋力摧枯拉朽的概念來詮釋小說。比如說：「這篇小說表達了現代人心靈的苦悶。」「這篇小說體現了人類的命運。」這種地圖兵器放出來可以處理掉九成的現代小說，但也就意味著它處理不了任何一篇小說，因為它沒辦法看到個別小說真正的精微處。因此，我強調「合身原則」。「合身原則」的重點是，如果你對這一篇作品或這一位作家發展出一個詮釋概念，而且這個詮釋概念還特別適用於它／他，而不是廣泛適用於很多人的時候，那它就是一個非常精準的詮釋。有一位研究者這樣談論七等生：「七等生小說的特色是，它們扣緊了作家本人的思想。」這就是一個完全偷懶的說法。這句話並沒有錯，但絕大多數作家的小說都是扣緊本人的思想，所以它「對」得毫無意義，是一個完全不合身、過於寬大的詮釋概念。

5 參照原則

最後，「參照原則」則讓我知道在一眼無法看出小說真正意涵的時候，可以採行的辦法：進行比較，或說把其他的事情摻進來一起思考。文學作品的意義是在比較中浮現的，不管是文本之間、作家之間、流派之間、文本內外……的比較。學術研究常說的「脈絡」當然是比較，但一般讀者在判斷喜不喜歡一部作品時也是比較而來的，只是兩者參照的東西可能不一樣。（想想那些被《那些年，我們一起追的女孩》感動的觀眾，他們是被電影感動，還是因為參照了自己的青春記憶而感動？同樣地，有一些在文本中發掘出精深思想的研究者，他們被參照用的思想感動的程度也大於文本本身。）所以不斷地加入新的參照點，是有可能改變既有文本的意義的，這也是突破前行研究的簡便方法。例如我們談龍瑛宗〈植有木瓜樹的小鎮〉和林雙不〈小喇叭手〉的時候，就大量參照了小說當時的社會背景，才能看清楚小說某些安排的用意。

此外，我也很喜歡先透過參照整理出「同」（模式），再去思考「異」（例外）的意義是什麼。比如說，如果我們理解了反共小說的基本模式，再去閱讀姜貴的《旋風》，就會發現姜貴異於同一流派的其他作品之處，這種差異就是我們可以去注意的。或者，在思考郭松棻小說的風格時，我們會發現他主要的語言腔調是強烈的東洋風，這是從他所有小說參照出來的「同」，可以先解釋這個模式的意義。接下來，我們發現有〈今夜星光燦爛〉這樣完全沒有東洋風語調的小說，這是從「同」中參照出的「異」，就可以進一步討論為什麼郭松棻在這裡改變寫法，以發展出新的詮釋概念。

二、細部分析的觀察點

除了以上的大原則之外，實際在文本當中也有很多可以觀察的重點。當然，對一個熟練的讀者來說，這些東西是不必特別費心去觀察的，閱讀過程中自然會注意到作品殊異的地方。然而，如果在閱讀經驗的積累還不到一定程度的時候，練習利用這些角度去徹底閱讀一篇小說，或許能更快速地對這整個過程「上手」。同樣的，你也可以從前面的三十篇文章當中挑出一篇，與小說文本互相對照，試著找出我是怎麼觀察出我的論點的。

1 人物

小說中的人物從來就不是一個完整的人，我們只是從經過揀擇的數千字細節當中獲得了彷彿認識完整的人的錯覺。仔細想想，雖然小說家提供了若干細節，但對於它大部分的樣貌和生活，我們都是一無所知的。那是什麼讓我們有著「我認識這個角色」甚至「我認同這個角色」的感覺的？這就是我們理解一個人物最重要的關鍵：組成人物最重要的要素，並不是感官可見的細節（雖然它們有時也會發揮作用），而是「動機」和「動作」。

每一個人物必有動機，貫徹始終地驅動他在故事裡面扮演的角色。動機或強或弱，有的會影響整篇小說、諸多人物，有的可能只是影響一個過場；而人物相應於動機所採取的行為，就是動作——即使他沒有採取任何行動也是一種動作。對閱讀現代小說有經驗的讀者，其實早就很習慣透過解讀主要人物的動機來解讀主題，或者從人物的動作反過來推測動機，不過在看不出一篇小說的重點的時候，從頭整理動機、動作以及每個人物的動機如何終結，也許會有有用的發現。比如在郭箏的〈好個翹課天〉裡面的敘事者，如果我們不了解他的動機是「想要在滯悶的生活當中找到出路」的話，我們就無法理解通篇翹課、打架的故事意義何在，也就無法理解在結尾時，為什麼他會為了女老師和女同學墮落的另一面如此絕望——因為那幾乎就是顯示了成人世界無邊的黑暗，沒有任何不同的出路。

2 敘事結構

敘事學是一門很古老，終極目標（找出所有故事的共同潛在結構）已經被證明失敗的學問。但在這趟失敗之旅中發展出來的某些方法，在我們閱讀小說時還滿有用的。有一些敘事學者試著拆解出小說不可分割的最小單位，就像是物質中原子那樣的東西，將它命名為「敘事單元」。這個概念認為，「敘事單元」就是那個最小單位，每一個敘事單元都等於「一個人物的一個動作」。所有的故事都可以被分解為一系列敘事單元，把所有敘事單元羅列出來，重建敘事單元之間的時序關係，在搞不清楚故事到底在演什麼的時候特別有用——大多數被稱為「艱澀」的小說都可以用這種方式找出基本的故事線，比如郭松棻〈月印〉、邱妙津《蒙馬特遺書》或王文興《家變》。而在找出這條故事線，理解它要表達的意思之後，再拿回去對照被作者「弄亂」時序的作品原貌，就可以推測作者為什麼要這樣調換次序，這樣的結構意義何在。

另外，通常一個完整的敘事結構，是從主要人物的動機開始，結束在這個動機的終結（無論成功達成動機，還是失敗）。而其他次要人物或反派角色也有各自的動機，他們的動機與主角的動機相悖時，就會產生衝突，此即戲劇性的由來。這種格式雖然本身沒辦法看出什麼意義，但通常可以解釋大多數在故事上失敗的作品為何失敗。例如陳映真的〈山路〉將敘事者的動機維持在「想要知道千惠為何失去生存意志」上，結尾也透過千惠的一封信滿足了這個動機，故事就顯得比較完足；而在同一位作家的〈雲〉裡面，開頭主角的動機並沒有在結尾做任何處理，所以看起來就結得很潦草。

3 節奏

節奏指的是每一個段落帶給讀者的速度感。在文字上，同一個細節用越多的文字寫，節奏越慢；在情節上，同一個情節用越多的細節去處理，節奏越慢。反之亦然。節奏快的文字，常常用來表達嘲謔、譏諷，比如鄭清文〈報馬仔〉和王禎和〈嫁妝一牛車〉。而節奏慢的地方，都是情緒比較悲傷、悠緩之處，或者是作者有深意要表達之所在，需要多加注意。比如林雙不〈小喇叭手〉的最前段，花了大量的篇幅描寫朝會的衝突，就是為了彰顯該場景的重要性；李喬〈哭聲〉細筆描寫主角爬上山的經過，也有異曲同工之妙。

4 象徵

象徵是現代小說非常常用的手法，不過很多評論並沒有針對小說中的象徵做進一步的討論，這會忽略了小說中許多很基礎的意涵。象徵的最簡單結構就是「用一個物件來替代一個抽象概念」，並且利用「撥弄」這個物件來代表角色或作者對那個抽象概念的態度。（俗濫的一例：比如情侶分手之後，一方摔壞對方送的禮物。在這裡，禮物即「物件」，兩人的感情即「抽象概念」，禮物被摔壞，感情當然也就壞了。）在「物件」跟「抽象概念」之間，通常有一些相似點但又不完全相同（比如呂赫若〈牛車〉中被淘汰的牛車，象徵了被淘汰的傳統生活——它們同樣緩慢、不靈活而缺乏效率）；或者是透過情節的排比被編織在一起（例如在朱西甯〈鐵漿〉當中，反覆在關鍵時刻出現的火車意象），所以才能形成這種互相替代的等同關係。

不過，小說家當然不會在象徵物出現的時候用紅筆圈出來，讀者得自己去判斷小說裡面出現過的數十百個物件，哪些個才是重要的象徵。最簡單的判準是，在情節上沒有必然出現理由、卻又反覆出現的物件，大約就要留上幾分心。比如劉大任的〈杜鵑啼血〉幾度提到了阿姨拚死照顧的杜鵑花，拿掉那些花並不會影響故事主線，但是放在那裡的時候，它「啼血」的形象就形成了象徵。當然，這不是說「必然要出現的物件」不可能是象徵，一個棒球員的棒球手套還是可能成為一個象徵，端看它出現的頻率及脈絡，是否「巧合地」跟特定的情感場景相關。就像黃錦樹〈魚骸〉裡面的龜甲，雖然出現在一個研究甲骨文的學者的研究室並沒有什麼大不了的，但卻顯然承載了很重要的象徵意義。

在找到象徵之後，值得注意的觀察重點有兩個，一是「象徵物出現在什麼場景？」，二是「象徵物最後的命運如何？」黃錦樹評論郭松棻的〈月印〉便有精采的象徵分析，他將男主角鐵敏的身體（注意，是身體，所以還是個物件）視為台灣命運的象徵，所以他每一次的病情變化都有意義。以出現的場景來說，它在戰後被抬回來、在二二八事件的時候咳血……都讓鐵敏的身體象徵了台灣命運的變化。而在小說最後，鐵敏的身體就算養好了病還是免不了死亡，這個結局也就寓有深意，顯示了郭松棻對戰後國民政府統治下台灣命運的想法。

5 敘事層次

在我們這本書的討論裡，有很多部分是在分析作者對某一政治、社會議題的態度。在這種分析取向中，敘事層次的差別非常的重要。它不是一個規則，而是一個提醒：在小說中出現的每一個表露態度或價值判斷的地方，不一定是作者本人的意見。它可能只是特定角色的意見，它或者可能是敘事者的意見。比如在楊青矗的〈在室男〉裡，「有酒窩的」被描寫得很純潔、「大目仔」則被寫成放浪的酒女；但我們要注意，小說中這些描述，都是透過其他角色的眼睛看到、口中說出的，是角色的層次，而不能當作作家的意見。事實上，作家心目中真正純潔的反而是「大目仔」，真正墮落的是「有酒窩的」。要判斷作家真正的態度，必須參照這些角色和敘事者的行動和最後的結果，以及這些結果會在讀者心中引起的直覺情感才能看出來，這就是楊青矗最後安排「有酒窩的」約會瑷瑷的用意。

6 敘事觀點

敘事觀點是指小說選擇哪一個角色當作說話與觀察的基點。這裡需要注意的第一個分別是，無論那個敘述的聲音多麼像作者本人，在分析上我們永遠要把他和作者分開看待。（舉例：邱妙津《蒙馬特遺書》裡面的女同志小說家……雖然這很困難。）

通常在篇幅不長的作品裡，敘事觀點不會任意變換，常常是「一鏡到底」（比如鄭清文〈報馬仔〉、陳千武〈獵女犯〉），這時候就要特別注意這位敘事者的腔調、個人特徵和社會位置。不同的敘事者所能看到的東西不一樣，所能呈現的效果也不一樣，比如以小孩子為敘事者的時候，雖然看不到成人事件的複雜糾葛，卻能用一種天真的語調製造出反諷效果。而如果其他角色是藉由敘事者介紹出場的（特別在第一人稱當中，所有角色必然都是經過敘事者中介的），請注意這不是作者對該角色的意見，也不見得完全是事實，而是敘事者個人的意見。有些戲劇效果，也是透過角色視點的局限產生的，就像在郭松棻〈月印〉當中，作家讓讀者一直追隨著文惠的視點，所以才能體會文惠抉擇的情有可原與巨大無奈。

第二個觀察重點是，如果在小說中，不同的段落之間敘事者是不一樣的，這裡就要特別注意：敘事者從A換到B，是否是希望讀者看到什麼A看不到的東西？或者相反，從A換到B，是否是希望讀者不要看到什麼A會看到的東西？朱西甯的〈鐵漿〉就在孟昭有即將吞下鐵漿的那一刻，把敘事觀點轉換到他的兒子身上；陳若曦〈尹縣長〉的敘事者也在尹飛龍被槍斃之前離開了該地，經由事後轉述得知當時的場面。這兩篇小說，都刻意拉開敘事觀點，利用延宕增加死亡結局的重量感。

7 風格

「風格」是一個很多人琅琅上口的詞，但很少人能確切說出它的定義。雖然在我們之前的討論裡，我們並不太常分析風格，但這個部分仍然是閱讀小說中很值得注意的區塊。我基本同意「風格學」（在中國慣稱為「文體學」），我覺得是更貼切的翻譯）學者的基礎共識，認為風格可以透過底下的「算式」找出來：

作家的語言－日常的語言 ＝ 作家的風格

簡言之，我們先假設一般人說的語言叫做日常語言，而作家本人的語言習慣和日常語言的差別，就是作家風格之所在。當這種習慣持續性地在作家的作品中出現，我們就稱這種習慣為這位作家的風格，即一種「持續的偏離」。從王禎和〈嫁妝一牛車〉、施明正〈渴死者〉、王文興《家變》、七等生〈我愛黑眼珠〉……等作品中的句法和一般人說話的差異中，我們就可以理解這種偏離是什麼了。當然，從嚴格的當代學術觀點來看，這個算式充滿了問題，光是什麼叫做「日常的語言」就很有得吵了，不同的階級、地域、性別、族群都可能有不同的日常語言，因此這個概念註定是不精準的。但我們保留這個概念還是有好處的，因為我們往往可以從語言風格上的近似來確定作家之間的影響關係，比如魯迅之於陳映真、朱天文之於林俊穎、張愛玲之於很多人……。而這個觀念如果配合「參照原則」來處理，有時也會有特別的發現。如果某位作家應該具有A風格，但在生涯中某個時期或某篇小說中，這個A消失了，這裡就可以去深究那個時期或那篇小說發生了什麼事。

三、如何測量小說的美學

最後，如果我們作為一個讀者，在自信充分理解作品之後（當然是有限度的充分），要如何給予作品美學評價？這其實很難給出一個確定的答案，但我覺得一個來自詮釋學的圖像是很有益的自我提醒：過去的詮釋學當中有一個著名的概念，叫做「詮釋循環」，它指出，我們閱讀作品的時候其實是邊看邊猜的一個動態過程。因為在瞭解整篇文章的意旨之前，我們不可能知道每一個字在這篇作品中的意義；但若無法先瞭解每一個字的意義，我們要怎麼瞭解整篇的意旨？而這個令人崩潰的無解循環之所以沒有困擾讀者，是因為讀者早就很習慣利用自身已有的知識、教養，在閱讀的過程中逐步假設出作品的全面意旨，然後隨著閱讀進度修改或加添這個意旨，最終得到理解。

對我來說，美學評價也是這樣的。作家對自己的作品有一個美學藍圖，他試著透過內容的思考和形式的布置來逼近這個藍圖。而讀者要做的事情，就是邊讀邊猜測這份藍圖，然後在讀完之後，用心中的藍圖去對照已成作品，如果藍圖和作品出現落差，我們就認為作品寫得不夠成功。但這裡其實有非常多會造成誤差的因素，這也是為什麼美學評價總是充滿爭議的原因。首先，我們不知道作者到底有沒有真的完成了他的藍圖，可能真的沒有，或者他以為完成了但實際上沒有。再來，我們不知道讀者心中的藍圖到底和作家的藍圖是否相同，而當兩者不同的時候，我們到底要採信哪一個藍圖？最後，作家與讀者心中的藍圖其實不是純粹的美學判斷，它同時也是政治的、道德的、階級位置的判斷，所以各種因素都要納入考慮。你可以想像一個在純正外省文化中長大的讀者，對於「標準國語」的要求會很高，可能會給予施明正這樣的作家過低的評價。因此，如果我們遭遇不夠用功或不夠誠實的研究者，常常會發現他們拿各種歪七扭八的藍圖去套作品。好心一點的，就是故意打造一個合身但不見得高明的藍圖，然後稱讚作品寫得好；壞心一點的，就可以故意用歪斜的藍圖來要求作品，指責他這個沒寫到、那個也沒寫好。這兩種做法都極不尊重作品（請注意，我說的是不尊重作品，而不是作家），但是非常常見。

因此，我們在進行美學判斷時，必須對上訴的因素保持警惕。雖然對「詮釋循環」和「藍圖」的理解，並不能告訴我們要怎麼進行美學評價，但在這些概念上留心，至少比較能思考自己的詮釋可能犯的錯誤。喜不喜歡一篇小說當然是很直覺的，但當我們試著去解釋為何喜歡或不喜歡給別人聽的時候，事情就會變得複雜許多——然而這有什麼關係呢？小說本來就試圖引誘我們去理解更複雜的世界。相較於對這個世界的其他人、事進行判斷，決定一篇小說到底好不好，或許還算是簡單的吧。而這一切為了理解小說而付出的努力，或者就能當作是在翹課之後，真正洞徹世界之前的一系列練習。

【附錄二】

作品出處（依篇目順序）

郭箏《好個翹課天》，印刻出版社，二〇〇三。

翁鬧《破曉集——翁鬧作品全集》，如果出版社，二〇一三。

楊青矗《楊青矗集》，前衛出版社，一九九〇。

曹麗娟《童女之舞》，大田出版社，二〇一二。

聶華苓《桑青與桃紅》，時報出版社，一九九七。（已絕版，網路上可找到電子書）

董啟章《安卓珍尼》，聯合文學，二〇一〇。

龍瑛宗《龍瑛宗集》，前衛出版社，一九九〇。

王詩琅、朱點人《王詩琅．朱點人合集》，前衛出版社，一九九〇。

周金波《周金波集》，前衛出版社，一九九〇。

王德威、黃英哲主編《華麗島的冒險》，麥田出版社，二〇一〇。
李喬《李喬集》，前衛出版社，一九九三。
陳千武《陳千武集》，前衛出版社，一九九二。
朱西甯《現在幾點鐘——朱西甯短篇小說精選》，麥田出版社，二〇〇四。
呂赫若《呂赫若小說全集（上冊）》，印刻出版社，二〇〇六。
王禎和《嫁妝一牛車》，洪範，一九九三。
七等生《為何堅持——七等生精選集》，遠景出版社，二〇一二。
王文興《家變》，洪範，二〇〇九。
陳映真《我的弟弟康雄》，洪範，二〇〇一。
施明正《島上愛與死——施明正小說集》，麥田出版社，二〇〇三。
邱妙津《蒙馬特遺書》，印刻出版社，二〇〇九。
劉大任《遠方有風雷》，聯合文學，二〇一〇。
張大春《四喜憂國》，時報出版社，二〇〇二。（已絕版，可於網路上找到全文）
黃凡《賴索》，聯合文學，二〇〇六。
黃錦樹《烏暗暝》，九歌出版社，一九九七。（已絕版，須於圖書館尋找）

舞鶴《悲傷》，麥田出版社，二〇〇一。
鄭清文《鄭清文集》，前衛出版社，一九九三。
林雙不《林雙不集》，前衛出版社，一九九二。
姜貴《旋風》，九歌出版社，二〇〇九。
陳若曦《尹縣長》，九歌出版社，二〇一一。
郭松棻《奔跑的母親》，麥田出版社，二〇〇二。

國家圖書館預行編目資料

學校不敢教的小說／朱宥勳著. ——初版. ——
臺北市：寶瓶文化, 2014. 04
面；　公分. ——（Island；220）
ISBN 978-986-5896-66-9

1. 小說　2. 文學評論

812. 7　　103004732

island 220
學校不敢教的小說

作者／朱宥勳

發行人／張寶琴
社長兼總編輯／朱亞君
副總編輯／張純玲
資深編輯／丁慧瑋　編輯／林婕伃
美術主編／林慧雯
校對／張純玲・陳佩伶・吳美滿・朱宥勳
營銷部主任／林歆婕　業務專員／林裕翔　企劃專員／李祉萱
財務／莊玉萍
出版者／寶瓶文化事業股份有限公司
地址／台北市110信義區基隆路一段180號8樓
電話／(02) 27494988　傳真／(02) 27495072
郵政劃撥／19446403　寶瓶文化事業股份有限公司
印刷廠／世和印製企業有限公司
總經銷／大和書報圖書股份有限公司　電話／(02) 89902588
地址／新北市新莊區五工五路2號　傳真／(02) 22997900
E-mail／aquarius@udngroup.com

著作完成日期／二〇一四年二月
初版一刷日期／二〇一四年四月八日
初版五刷日期／二〇二二年七月十八日
ISBN／978-986-5896-66-9
定價／二八〇元

愛書人卡

感謝您熱心的為我們填寫，
對您的意見，我們會認真的加以參考，
希望寶瓶文化推出的每一本書，都能得到您的肯定與永遠的支持。

系列：island 220　**書名：學校不敢教的小說**

1. 姓名：＿＿＿＿＿＿＿＿　性別：□男　□女
2. 生日：＿＿＿年＿＿＿月＿＿＿日
3. 教育程度：□大學以上　□大學　□專科　□高中、高職　□高中職以下
4. 職業：＿＿＿＿＿＿＿＿
5. 聯絡地址：＿＿＿＿＿＿＿＿＿＿＿＿＿＿＿＿
   聯絡電話：＿＿＿＿＿＿＿＿　手機：＿＿＿＿＿＿＿＿
6. E-mail信箱：＿＿＿＿＿＿＿＿＿＿＿＿
   □同意　□不同意　免費獲得寶瓶文化叢書訊息
7. 購買日期：＿＿＿年＿＿＿月＿＿＿日
8. 您得知本書的管道：□報紙／雜誌　□電視／電台　□親友介紹　□逛書店　□網路
   □傳單／海報　□廣告　□其他
9. 您在哪裡買到本書：□書店，店名＿＿＿＿＿＿　□劃撥　□現場活動　□贈書
   □網路購書，網站名稱：＿＿＿＿＿＿　□其他＿＿＿＿＿＿
10. 對本書的建議：（請填代號　1. 滿意　2. 尚可　3. 再改進，請提供意見）
    內容：＿＿＿＿＿＿＿＿＿＿
    封面：＿＿＿＿＿＿＿＿＿＿
    編排：＿＿＿＿＿＿＿＿＿＿
    其他：＿＿＿＿＿＿＿＿＿＿
    綜合意見：＿＿＿＿＿＿＿＿＿＿＿＿＿＿＿＿＿＿＿＿
11. 希望我們未來出版哪一類的書籍：＿＿＿＿＿＿＿＿＿＿＿＿

讓文字與書寫的聲音大鳴大放

寶瓶文化事業股份有限公司

（請沿此虛線剪下）

廣 告 回 函
北區郵政管理局登記
證北台字15345號
免貼郵票

寶瓶文化事業股份有限公司　收

110台北市信義區基隆路一段180號8樓

8F,180 KEELUNG RD.,SEC.1,

TAIPEI.(110)TAIWAN R.O.C.

（請沿虛線對折後寄回，或傳真至02-27495072。謝謝）